Visionario
Un romanzo di fantascienza

Richard G. Hole

Fantascienza e Fantasy

SINOSSI

Duecento anni dopo la prima esplosione atomica di Hiroshima e Nagasaki, l'uomo aveva imparato a usare la forza dell'atomo per qualcosa di più utile e costruttivo che per annientarsi.

Nell'anno 2145 tutte le astronavi a propulsione nucleare, capaci di raggiungere le velocità vertiginose che aveva sempre sognato.

Tuttavia, l'Universo continuava ad essere infinito per lui e l'ipotetica superficie del pianeta Saturno irraggiungibile...

Visionario è una storia appartenente alla serie Science Fiction, una raccolta di romanzi di fantascienza e fantasy

VISIONARIO

CAPITOLO I

Saturno aveva ora undici lune.

Ai suoi dieci satelliti naturali, per opera e scienza dell'uomo, era riuscita a mettere in orbita il satellite artificiale, che svolgeva le sue funzioni di osservatore geloso del pianeta adorno dei misteriosi anelli che lo circondano.

Il "Saturno XI" era un piccolo mondo metallico, una meraviglia della tecnologia e dell'elettronica. A prima vista, esteriormente non era molto diverso dagli altri dieci satelliti naturali, che dalla lunga notte dei tempi avevano ruotato attorno al sesto pianeta in ordine dalla minima alla massima distanza dal Sole.

Ma dentro, su "Saturn XI" tutto era diverso.

Cinquecento esseri umani sciamavano lì, lottando per svelare i misteri che avvolgevano il pianeta con gli anelli, per cercare di aggiungere un giorno alla sua lunga serie di conquiste spaziali, l'uomo desideroso di dominare almeno il suo intero sistema solare.

Dietro, molto indietro, c'era la conquista della Luna, quella di Marte, Venere, Mercurio e quella del gigantesco pianeta Giove.

Anche le osservazioni e le rilevazioni di Urano, Nettuno e del lontano Plutone, persi nei confini del sistema solare, avevano prosperato, offrendo agli abitanti della piccola Terra i limiti che segnavano l'iperspazio esterno.

Ma ora, prima di intraprendere la fantastica avventura di andare oltre alla ricerca delle stelle, Saturno dovrebbe rimanere sotto l'intelligenza dell'uomo, che sembrava essere disposto a non fermarsi mai.

Mai!

Tuttavia, le difficoltà sono state molte. Da "Saturno XI", non solo i dati che si conoscevano sul pianeta omonimo erano stati verificati per lungo tempo. Che il suo diametro equatoriale misurasse 119.700 chilometri, essendo quindi 9,4 volte maggiore di quello della Terra, non aveva molta importanza. Non avendolo, il suo volume era 745 volte maggiore.

Ma colui che si trovava ad una distanza media dal Sole di 1.430 milioni di chilometri cominciò ad averlo, poiché partendo dalla sua crosta terrestre, l'uomo doveva percorrere con ogni timo dei suoi strumenti di ricerca non meno di 1.186 - 1.647 milioni di chilometri, a seconda la fase del tuo viaggio in cui ti trovi.

Duecento anni dopo la prima esplosione atomica di Hiroshima e Nagasaki, l'uomo aveva imparato a usare la forza dell'atomo per qualcosa di più utile e costruttivo che per annientarsi. Nell'anno 2145 tutte le astronavi a propulsione nucleare, capaci di raggiungere le velocità vertiginose che aveva sempre sognato.

Tuttavia, l'Universo rimase per lui infinito e l'ipotetica superficie del pianeta Saturno irraggiungibile.

Per quanto riguarda le sue caratteristiche fisiche, si sapeva che la sua densità era pari a 0,13 quella della Terra e 0,72 quella dell'acqua. Era stato misurato, fino alla nausea, che l'intensità della gravità sulla superficie di Saturno era pari a 1,06 rispetto alla gravità della Terra, con una media di luce e calore ricevuti dal Sole di 0,011, prendendo come unità quella ricevuta sul globo.

Tutto questo presentava problemi molto difficili da risolvere, per entrare in contatto diretto con il pianeta.

Ma c'era di più.

La superficie di Saturno offre alla visione telescopica tutta una serie di bande o strisce parallele all'equatore, di colore grigio-brunastro, che si distinguono da quelle rosate nella zona equatoriale e da quelle bluastre nelle regioni polari. Tutto questo faceva supporre che Saturno fosse avvolto da una densa atmosfera e che di essa fosse possibile osservare solo lo strato più esteso, la cui temperatura si stava valutando a circa 150° sotto zero, essendo costituito principalmente da ammoniaca e metano .

Le stesse macchie bianche che si potevano vedere dal satellite artificiale "Saturno XI" sono state attribuite alla neve ammoniacale.

Per renderlo più difficile, il pianeta era circondato da un anello che appare come un incontro, un raggruppamento molto complesso, di vari anelli concentrici.

Per quanto riguarda la vera natura di questo insieme a forma di anello dall'aspetto così sorprendente, la sua composizione sembra essere dedotta da un numero enorme di astroliti isolati l'uno dall'altro, animati da un rapido movimento di rotazione attorno alla stella centrale e, approssimativamente, nel suo stesso piano . La persistenza e la sovrapposizione delle immagini darebbe la sensazione di continuità che si osservava con l'ausilio dei più moderni e potenti telescopi.

Questa barriera naturale che offriva il pianeta Saturno, come prima resistenza all'insaziabile curiosità dell'uomo, veniva studiata in tutti i suoi aspetti.

Se gli anelli concentrici costituissero una solida piattaforma per la concentrazione di miriadi di milioni e milioni di astroliti, verrebbe il giorno in cui qualsiasi navicella spaziale potrebbe atterrarvi: allora i rischiosi astronauti sarebbero in una posizione invidiabile per dare uno sguardo al pianeta e, per così dire, per guardarsi dentro quel nuovo mondo per finirlo, per conquistarlo.

Tutti gli scienziati di stanza su "Saturno XI" avevano compiuto gran parte del loro arduo compito. Sapevano già che le dimensioni dell'insieme di anelli erano 278.000 chilometri di diametro esterno, con 149.000 di diametro interno. Che avevano una larghezza complessiva di 67.400 chilometri; uno spessore di 70 chilometri e una massa anulare rispetto al pianeta di 1/600.

E tutto questo in meno di un anno di essere lì, girando e girando come un altro satellite di Saturno, a 1.647 milioni di chilometri dalla Madre Terra, che li aveva inviati come previsori dei progressi della loro supercivilità che rifiutava di ammettere barriere.

Oltre ad esaminare gli anelli di Saturno, il compito si è concentrato sulla possibilità immediata di poter atterrare su tutti i suoi dieci satelliti naturali.

Piattaforme ideali poste lì dalla misteriosa legge gravitazionale dell'Universo, si intendeva con la loro conquista il grande risparmio di altre stazioni orbitali che si rendevano necessarie.

Questo non era un sogno irrealizzabile, considerando che esistevano già osservatori astrofisici sulla superficie della Luna. La questione era di scendere in uno dei dieci satelliti naturali di Saturno, studiarlo, superare le difficoltà che presentava e stabilirvisi.

In ordine dalla minima alla massima distanza dal pianeta, "Mines" ed "Encelado" distavano rispettivamente 185 e 238 mila chilometri. Anche «Tetis», «Dione» e «Eea», rispettivamente a 294.337 e 527mila chilometri. "Titan" girava a 1.223 mila chilometri, "Temis" a 1.460, "Hyperion" a 1.484, "Yapeto" a 3.563 e "Fepe" a 12.950 mila chilometri.

Una famiglia fedele e numerosa, alla quale si era unito un nuovo figlio della scienza: il "Saturno XI", che ruotava a sessanta milioni di chilometri presiedendo quell'eterna danza degli astri intorno al pianeta da conquistare.

Ma la più importante di queste lune era "Titan", avente un diametro di 4.200 chilometri e una massa equivalente a 1,8 maggiore di quella della Luna. Era uno di

i pochi satelliti del sistema planetario che presentano un'atmosfera, anche se le misurazioni effettuate nei laboratori di "Saturno XI" hanno indicato che tale atmosfera potrebbe essere altamente dannosa per l'uomo, in quanto contiene acidi e forme di sali velenosi.

Naturalmente, questo non sarebbe esattamente ciò che lo fermerebbe.

Anche sulla superficie di Marte non era possibile respirare liberamente e tuttavia, creando i mezzi necessari, viveva già lì una colonia terrestre di oltre duecento milioni di persone.

O era che un poeta pazzo non aveva cantato, quell'uomo avrebbe messo i suoi piedi peccaminosi sulla stessa superficie incandescente del padre sole...?

E, in un certo senso, i poeti pazzi sono gli indovini del futuro.

O no...?

CAPITOLO II

Jerry Kelly era uno di questi poeti pazzi.

Anche se non componeva poesie né perdeva tempo nella composizione di odi più o meno ritmate e riuscite.

La "follia" del giovane Jerry Kelly era la scienza. In particolare la scienza acustica, determinata per molti anni a dare forma concreta ad alcune ardite teorie del padre che, purtroppo alla sua morte, non era riuscito a portare a termine.

Ma Marty W. Kelly aveva lasciato a suo figlio dati sufficienti per permettere a Jerry di continuare il suo lavoro. Soprattutto, gli aveva lasciato la conclusione delle sue ardite teorie in tutto ciò che riguardava il suono, le onde vibrazionali che si muovono incessantemente nello spazio e un grande accumulo di dati sulle sue leggi immutabili, gli hertz e tutti quei complicati nomi che completano la scienza dell'acustica.

Ciò che il saggio Marty W. Kelly non aveva lasciato quando morì era la fortuna, e quindi i mezzi necessari a suo figlio Jerry per continuare lo studio di tali costose indagini.

Per questo, Jerry Kelly non aveva potuto svolgere i suoi esperimenti in maniera soddisfacente, e allo stesso tempo era stato costretto ad accettare una delle posizioni tra quelle di spicco su quel satellite artificiale, posto in orbita attorno a Saturno.

E su "Saturno XI", a più di un miliardo di chilometri dalla Terra, isolato in quel piccolo mondo metallico dove lavoravano anche altre 499 persone, nel loro tempo libero, una volta assolto al loro dovere di ingegnere elettronico specializzato nel suono, si sforzò di fare la sua invenzione.

Un'invenzione di cui diceva con commozione:

"Rivoluzionerà tutta la nostra civiltà, rendendola più nobile, più pura... Molto più umana!

Ma pochissimi parlavano di quale sarebbe stata veramente la "sua invenzione".

Jerry Kelly ricordava di averlo fatto nei primi anni dei suoi esperimenti, anche se la morte del padre era recente, con lo spiacevole risultato di essere stato deriso. E non solo le persone che non capivano tutte quelle cose di cui parlava, ma anche i centri di ricerca più prestigiosi, che finirono per dirgli, dopo aver ascoltato le sue strane teorie:

"Continua a indagare, giovanotto. E quando otterrai un risultato positivo, non dubitare che metteremo a tua disposizione i mezzi necessari per realizzare il tuo sogno.

Bel modo per scusarlo!

Come poteva continuare a investigare da solo, se proprio quello che gli mancava era quello, il mezzo?

Jerry Kelly aveva calcolato che aveva bisogno di un laboratorio ben attrezzato, con gli ultimi progressi e la capacità di creare le macchine e gli strumenti delicati di cui aveva bisogno. Purtroppo non si trattava di "inventare" un unico dispositivo, per quanto delicato e complicato fosse, ma di tanti, tanti altri che si completavano nel loro insieme.

Per cominciare, aveva bisogno di un'astronave in grado di viaggiare nello spazio a velocità vertiginosa, affondando nell'oscurità senza fondo dell'iperspazio per raccogliere le onde dei suoni che cercava. Già questo da solo era un ostacolo che non avrebbe mai potuto superare da solo.

Come potrebbe un privato possedere una di quelle moderne navicelle spaziali che hanno fatto viaggi interplanetari?

Poi è arrivato il sistema di antenne ultrasensibili, il complesso insieme di registratori a nastro, il delicato meccanismo che dovrebbe mettere in gioco il modo di filtrare e separare i suoni; i nastri di registrazione di quegli stessi suoni, la stazione di smistamento e ...

Era esasperante!

Eppure Jerry Kelly non ha mai perso la fiducia che la sua meravigliosa invenzione un giorno sarebbe diventata realtà.

Una realtà che, come sosteneva con fermezza, avrebbe trasformato completamente la società.

Parole... Parole... Parole!

Sì: era proprio sulle "parole" di Jerry Kelly che fondava le sue teorie. Nei miliardi e miliardi di parole che l'essere umano aveva pronunciato durante il suo passaggio sulla faccia della Terra, dallo stesso giorno in cui per la prima volta balbettava qualcosa di intelligibile, quando cercava di capirsi con gli altri.

Dal momento in cui l'essere umano ha smesso di essere una bestia, uscendo dalla barbarie, per diventare gradualmente, nella notte eterna dei secoli, un essere razionale.

In una creatura superiore.

Così superiore che più di una volta nella sua lunga storia, pieno di orgoglio, era stato sul punto di sfidare il proprio Creatore, usando metodi barbari e distruttivi per annientarsi.

Come è successo quando ha scoperto l'uso della polvere da sparo.

Come è successo quando è riuscito a usare la dinamite, la trilite, la terribile nitroglicerina.

Come quando stava per essere sterminato, quando riuscì a disintegrare le reazioni a catena del temibile atomo.

Nessuna di queste fasi critiche della storia dell'uomo potrebbe ripetersi, se un giorno il sognatore Jerry Kelly riuscisse a mettere a disposizione dell'Umanità la sua invenzione.

Anche se al momento non poteva offrire niente di più nemmeno di questo.

Parole.

Parole sotto forma di promesse, che avevano sempre avuto poca eco.

Poca eco fino a quando non ha parlato con l'astrofisico Walter Lehman, responsabile del funzionamento di "Saturno XI" e responsabile di quei mezzo migliaio di uomini e donne assegnati alla stazione orbitale.

Pochi giorni dopo aver raggiunto la sua destinazione, Jerry Kelly gli raccontò i motivi della sua richiesta, annunciando all'anziano scienziato:

"Qui, finché sai come adempiere ai tuoi obblighi, puoi usare il tuo tempo libero come vuoi.

Grazie Professor Lehman. Ho fatto domanda per questa posizione perché "Saturno XI" può essere un'ottima piattaforma per i miei esperimenti.

«Questa possibilità da sola ti ha portato qui, Kelly?

Jerry Kelly aveva riflettuto, prima di rispondere, francamente:

«Solo quello, professore.

"Non sei scientificamente curioso di Saturno?

"Nessuno, signore. Sono motivato solo dall'acustica

L'astrofisico Walter Lehman aveva riflettuto a sua volta, passandosi la mano ben dita tra i capelli grigi crespi, con il solito movimento per pettinarli. Ed è stato quando ha voluto sapere, sempre spinto dal suo desiderio scientifico:

«Parlami delle tue teorie sul suono, giovanotto. Cominci ad interessarmi!

In effetti, Jerry Kelly trovava le sue teorie piuttosto confuse e complicate per un laico. Ma prima di lui aveva un uomo eminente, riconosciuto saggio in astrofisica, aeronautica spaziale e con un cervello privilegiato, e per questo cercò di spiegare:

"Vede, Professor Lehman... Lei sa che, sebbene sia il mezzo meccanico che lo provoca sia il suo apprezzamento da parte dell'orecchio, considerato fisicamente, sia accettato come 'suono', è un movimento vibratorio che ha origine in un corpo, che è trasmessa attraverso mezzi materiali elastici e che, portata al nostro orecchio, produce la sensazione fisiologica del suono.

"Capisco, giovanotto. Quando un oggetto vibrante entra, mette in movimento l'aria circostante, creando così zone di pressione che voi specialisti chiamate "onde sonore".

"Esatto, professore! "Esclamò il suo giovane subordinato con entusiasmo." Vedo la tua chiara comprensione con vera gioia, signore.

"Continua per favore.

"Le 'onde sonore' si propagano nell'aria in modo simile a quello della serie di anelli concentrici che si formano sulla superficie di una pozza d'acqua ferma, quando vi viene lanciato un sasso.

"Vero: questo può essere verificato da chiunque.

"Esatto, signore. Ma se qualcuno può vederlo nell'acqua, non nell'aria, perché tu non puoi vedere quelle "onde sonore".

Il silenzio del manager del "Saturn XI" ha incoraggiato il giovane Jerry a continuare:

"Né è dato a nessuno di verificare, per esempio, che se quel sasso viene gettato nell'oceano, le onde concentriche raggiungeranno, salvo tutte le difficoltà che incontrano nella loro espansione, fino alla sponda più appartata, e una volta raggiunta la sponda opposta, per quanto lontana, ritorneranno in un movimento infinito che, non meno percepibile e sempre più ovattato, è meno reale.

"E da quello che dice, accade la stessa cosa nell'aria, nello spazio, quando viene prodotto un suono, giusto?

«Esattamente lo stesso, professor Lehman! Esattamente!

"Molto interessante ricordarlo!

"Anche le onde sonore sono sferiche, si propagano sempre alla stessa velocità o frequenza, a seconda della vibrazione che le ha originate. Salvo in quei casi in cui l'organo che produce il suono è in movimento, perdendo solo in ampiezza o intensità rispetto al quadrato della distanza.

La mano del vecchio astrofisico invitava con gentile riposo, dopo aver smesso di pettinarsi, aggiungendo il suo giovane interlocutore:

"Tutti i materiali elastici, come la maggior parte dei metalli, del legno, dell'aria, dell'acqua, trasmettono onde sonore a velocità generalmente superiori a quella dell'atmosfera. Nello specifico, in aria, la velocità di propagazione è di 331,8 metri al secondo, ad una temperatura di 0°C, aumentando di circa 0,60 per grado di incremento.

Walter Lehman sorrise all'ultima cosa, consapevole di non essere, per quanto saggio, a conoscenza dei dati quanto l'ingegnere acustico Jerry Kelly. Ma seguendo la sua idea, chiese:

"E le condizioni meteorologiche, la velocità del vento, l'umidità ambientale e la pressione atmosferica non influenzano, ad esempio, la propagazione del suono?

"Certo signor Ma tutti questi sono dati da tenere in considerazione nella specializzazione, quando vogliamo "recuperare" un suono che sappiamo è stato rilasciato in un luogo, in quel momento e in tali o tali circostanze.

La curiosità scientifica del professor Walter Lehman si è acuita, costringendolo a chiedere, sempre più interessato:

"Solo un momento! Implica che qualsiasi suono che è stato gettato nell'etere possa essere "recuperato"?

"Esatto, signore.

"Qualche suono che ha causato onde sonore?

«Sì, professor Lehman.

"Ad esempio... le vibrazioni che producono le nostre voci quando parliamo adesso? Potresti afferrarli, "riportarli indietro", come hai appena detto?

«Sì, signor Lehman. Ed è quello che provo!

"Quando potrei riaverli?

"Quando avrò tutti i miei strumenti, sarà lo stesso catturarli, o meglio,« recuperarli », entro un'ora... o un secolo!

"Non!

«Mi scusi se insisto, professore. E non tra un secolo, ma tra diecimila anni, se abbiamo i mezzi necessari per farlo.

"Per favore, Kelly... me lo spieghi?

«Con piacere, professore. Nota che in questo caso abbiamo i dati più accurati. Innanzitutto, il suono prodotto dalle vibrazioni convertite in "onde sonore" delle nostre parole, che conosciamo alla velocità con cui viaggiano nel loro ambiente normale. Secondo, il luogo e l'ora esatta in cui quelle parole sono state lanciate nell'aria, o nello spazio, se si vuole dire così. Allora, lanciandoci nella loro ricerca con un modernissimo registratore a nastro dotato di un oscilloscopio anche ultrasensibile, il problema sarebbe quello di esplorare l'area in cui calcoliamo "matematicamente", da cervelli elettronici, che "stanno" spargendo in cerchi concentrici sempre più allargati quei parole che desideriamo "recuperare", dette in questa stanza...

"Quello che dici è fantastico, amico Kelly!

«Lo è, signor Lehman. Ma in fondo semplici, ed eterne, come tutte le leggi immutabili che governano l'Universo.

"E quei... quei suoni che fanno le nostre parole, non possono uscire da questa stanza, da questa stazione spaziale, il « Saturno XI »? Voglio dire, se non vengono fuori per essere persi per sempre.

«Possono uscire, professore. Perso per sempre, no.

"Sicuro?

"Se l'uomo ha i mezzi tecnici per inseguire queste 'onde sonore', da qualche parte le 'caccia', per così dire.

"Ripeto, mio giovane amico... È molto interessante!

"Finora, professor Lehman, l'uomo ha emesso tutti quei suoni, perdendo quell'immensa ricchezza nello spazio.

Un po' sorpreso dalla qualificazione, l'astrofisico responsabile di "Saturno XI" ha ripetuto come un'eco:

"La ricchezza dice?

"Considero enorme ricchezza le parole che pronunciavano, per esempio... Pitagora, Socrate, Platone, Aristotele, Gesù Cristo...

Fece una pausa, prima di aggiungere, vividamente:

"Comunque... Tutto, signore! Tutto ciò che è stato detto e detto, da quando l'uomo aveva il potere di parlare!

"Ma quello... sarebbe meraviglioso, mio giovane amico! Sai cosa ha detto?

«Perfettamente, professor Lehman. Qualcosa che ho ripetuto qua e là in vari posti... Ma senza farmi ascoltare seriamente!

Walter Lehman sorrise gentilmente mentre calcolava, pettinandosi di nuovo i capelli grigi arruffati mentre diceva:

"Ora capisco che in molti posti l'hanno preso per un pazzo.

"Mi creda, signore. È stato esasperante!

«Sono onesto con te, Kelly. È anche difficile per me ammettere che quello che dice possa un giorno diventare realtà!

«Be', ce l'abbiamo a portata di mano, professore. Ci lavoro da molti anni! E in precedenza mio padre lo faceva per più di metà della sua vita.

"La verità, Kelly... Penso che il tuo entusiasmo ti faccia credere che presto sarà raggiunto.

"Non il mio entusiasmo, signore! Non abbiamo già astronavi che attraversano gli spazi esterni, affondando a velocità vertiginosa nel nero infinito dell'Universo? Ciò che ci impedisce di dotarli di antenne per oscilloscopi ultrasensibili progettate da me, capaci di catturare tutti i suoni che "viaggiano" nelle onde sonore, rimbalzando qua e là, o diffondendosi e diffondendosi sempre in cerchi concentrici, come quando abbiamo dato l'esempio del sasso lanciato nello stagno?

«Ammettiamolo, Kelly. Ma avrebbero raccolto tutti i suoni. Tutti i rumori!

«Senza dubbio, professore. Ma oggi è un gioco da ragazzi "selezionare" i suoni. Registrare e riprodurre suoni è una scienza molto avanzata, da quando Edison ha inventato il suo fonografo. Da allora sono passati molti anni e oggi abbiamo magnifici flauti dolci. In aggiunta a ciò, filtri opportunamente selezionati e disposti scarterebbero tutti i suoni che non fossero la voce umana, con amplificatori ben disposti per ripristinare tutte le sue sfumature, tutte le inflessioni dell'altoparlante. Hertz...

"Il cosa, Kelly? "Domandò l'anziano astrofisico." Vedo che, travolto dal suo entusiasmo, dimentica la semplicità della sua spiegazione, senza rendersi conto che non sono uno specialista in materia.

"Mi scusi, signore" riconobbe Jerry Kelly. Un "hertz" è l'unità di frequenza equivalente a una vibrazione o ciclo al secondo. La gamma di frequenza udibile dall'orecchio umano va da 16 Hz a 30.000 cicli al secondo. Oggi sappiamo che l'orecchio non ha la stessa capacità uditiva per tutte le frequenze, la sua sensibilità è maggiore nell'intervallo tra 400 e 3.500 cicli al secondo.

Walter Lehman sorrise di nuovo, pensando ad alta voce:

"È pensi che potremmo sentire cantare il grande Carusso, di cui ci racconta la storia dell'opera; a una Renata Tebaldi oa chiunque altro, per esempio, avrebbe cantato alla Scala di Milano o al Metropolitano di New York?

"Perché no?" esclamò, pieno di assoluta certezza, il suo interlocutore." E anche con tutta la primitiva ricchezza delle sue sfumature, delle sue intonazioni e delle sue belle voci.

"Non dirmi!

"Beh, sarà così! Per questo dovremo solo conoscere esattamente il luogo, l'ora esatta in cui ha agito, conoscere il più possibile, se è possibile, le condizioni meteorologiche di quel giorno o di quella notte, raggruppare, qualificare e selezionare altri dati importanti, sottoporli alla revisione precedente da un cervello elettronico specializzato o da un computer, per poi passare a catturare, a "salvare" con le potenti antenne ultrasensibili e oscilloscopiche che ti dicevo, quelle voci che continuano a diffondersi nello spazio all'infinito, poi il compito di selezionarli verrà tra i tanti altri rumori che vengono catturati e... ecco!

"Così facile, mia cara Kelly?

"È così facile, una volta ottenuti tutti gli strumenti complicati per i quali ho sospirato per tanti anni.

«Non ci sono dubbi, giovanotto. Se lo ottieni... sarà fantastico!

"Basta immaginare cosa significherebbe possedere in un'infinità di registratori, perfettamente selezionati per periodi, materie, discipline ed eventi, non solo tutto ciò di cui hanno parlato i più saggi che sono esistiti nelle generazioni passate, ma ciascuno una e tutte le parole del genere umano, poiché esiste quella che chiamiamo civiltà. Questa "biblioteca" sarebbe come i libri viventi, i libri di testo del futuro, che ci mettono a portata di mano i pensieri più accurati, i sentimenti più alti, i segreti più intimi.

L'anziano Walter Lehman non poté fare a meno di restare a bocca aperta quando sentì che quel giovane esaltato continuava a esporre con calore:

Ascoltare la voce di un Socrate quando parlava con i suoi amati discepoli. Ascolta il consiglio saggio e rassegnato di un Seneca rivolto a Nerone. Ascoltare dalle labbra di un Goethe le sue stesse poesie. Sentire che la voce di William Shakespeare recita le sue opere immortali. Ascoltare i monologhi che un grande scrittore come Dostoevskij doveva aver pronunciato durante le sue notti insonni o ascoltare un Beethoven suonare il pianoforte, deve essere un piacere così immenso oltre che così educativo, che ogni mezzo per renderlo possibile è insignificante, non importa quanto. può costare.

Inclinando la testa grigia per il piacere, Walter Lehman mormorò:

"Sì... Deve essere delizioso!

"Ma c'è di più, professore! E non per quello che filosofi, pensatori, scrittori, musicisti, poeti e altre persone di grande valore possono darci con le loro voci. Sarà meravigliosamente definitivo perché di fronte a tutte queste testimonianze di prima mano si chiarirebbero tanti malintesi, tante cattive intenzioni, tanti errori storici e tante false interpretazioni, volute o meno. Molte bugie cesseranno di esistere, molte falsità ora insabbiate verranno alla luce, e con esse la verità e la giustizia brilleranno come non hanno mai brillato da quando il mondo è mondo.

"Temo che non farebbe piacere a molti, Kelly,

«Al diavolo gli amici dei tapujo, gli intrighi e le bugie, signore! Al diavolo tutte le ipocrisie o gli errori!

"Penso che verrebbero alla luce anche le conversazioni di non pochi governanti, oggi tenute da persone irreprensibili. Ebbene, non sono poche le cospirazioni sostenute con il più grande segreto, che non conosciamo!

"E allora, professore? Ho per me che chi ama vivere nell'errore e perpetuare l'inganno e la menzogna non è molto degno.

"Vero, giovanotto, vero... Ma calcoli quello che si potrebbe rotolare?

"Ecco ognuno con la sua coscienza, signore!

Con le ali della sua immaginazione, il saggio scienziato deve aver visto tutto un tremendo caos che lo ha fatto esclamare, anche se mezzo divertito:

"Buon Dio cosa accadrebbe, figlio mio!

"Io lo calcolo, ilgiorno in cui potenti squadroni di astronavi avrebbero navigato nello spazio catturando con le loro antenne e dispositivi ultrasensibili le parole che sarebbero state selezionate da tutti gli altri rumori. Una volta che le navi fossero tornate nei laboratori e quella selezione fosse stata ulteriormente sfumata, sarebbe possibile sapere, ad esempio, cosa sta dicendo proprio ora l'ultimo meccanico del "Saturno XI" al suo caro amico.

"Che orrore! Sarebbe una violazione di un diritto che...

«Un diritto frainteso, professore. Siamo abituati a rispettare le cose che allo stesso tempo permettono ai più malvagi di realizzare i loro piani. Ogni brav'uomo di solito non ha nulla da nascondere.

Jerry Kelly ha fatto una pausa prima di aggiungere, per rassicurare in parte l'uomo che poteva aiutarlo:

"Inoltre, professor Lehman... Quando la mia invenzione sarà realizzata, se non vogliamo creare caos e distruggere molte reputazioni entrando in possesso di oscuri segreti, dovremo stare molto attenti. Stimo che solo le posizioni dirigenziali superiori potranno accedere a queste registrazioni riservate.

"Si vede che tutte le invenzioni hanno i loro volti e la loro croce, mio giovane amico. E immagino che se la tua può portare enormi soddisfazioni, può anche portare enormi problemi.

«Ma il progresso non dovrebbe mai essere negato, signor Lehman. Alla fine della giornata, tutto ciò che ci avvicina alla conoscenza della verità è morale e, quindi, raccomandato, signore.

"Temo che la verità assoluta ci spaventi ancora.

"Verrà il tempo in cui non sarà così.

"Pensi che possa essere utilizzato per l'autoeducazione delle persone?

"Perché no? Quando saranno certi che tutto quello che dicono o dicono, anche nel più grande segreto, può essere "recuperato", diventeranno inevitabilmente meno intriganti, meno bugiardi... Più puri!

«A quanto pare sogni un mondo ideale, giovanotto.

"È un peccato farlo, professore?

"No, non è un peccato. Ma una meravigliosa follia!

"Ho sentito quella parola molte volte. Anche il mio povero padre è stato valutato così in molte occasioni. Ma so di non essere pazzo, signore! Non sono!

«Non sto dicendo una cosa del genere, Kelly.

"Vedi... Si tratterà di un processo ascendente: cominceremo misurando le parole, da cui normalmente derivano i fatti e le azioni. Il comportamento di tutta l'umanità cambierà gradualmente. Fino al giorno in cui qualcuno dei uomini o donne si mostrano agli altri come erano originariamente.

"Che cosa è stato detto! Sei un pazzo meraviglioso!

"Allora non ti resteranno che i tuoi pensieri, anche se verrà il giorno che anche questi saranno esposti alla chiara luce.

Walter Lehman si alzò dietro la sua monumentale scrivania come per indicare che l'intervista era finita, ma non senza commentare sorridendo:

"È stato un vero piacere ascoltarti, Kelly. E in anticipo, prometto di fare tutto ciò che è in mio potere per farti continuare a lavorare al tuo progetto.

"Lo apprezzo molto, professore.

"Inoltre, se me lo permetti, nel tempo libero collaborerò con te, e non ho problemi a diventare il tuo assistente.

"Oh no, signore! Il professor Walter Lehman non potrebbe mai essere un mio semplice assistente. Lei è famoso per...

«Ma non capire niente della tua specialità, Jerry! E credimi, mi appassiona la tua idea.

"Se è davvero così, sono contento di aver lasciato tutto sulla Terra e di essere qui ora.

"Hai lasciato molto, Jerry? Il vecchio voleva sapere.

Jerry Kelly rimase in silenzio prima di rispondere:

«Tutto quello che avevo, professore.

"Una donna, forse...?

"Sì... Stavamo per sposarci, ma lei non mi ha mai capito del tutto. D'altronde, quando a volte cominciavo a parlargli anche di tutto questo... mi chiamava anche pazzo o visionario!

Sorridendo per togliere solennità alle sue parole, l'anziano astrofisico ha commentato:

"In tal caso, sei arrivato a buon fine. Qui siamo tutti matti! Non tu. Sembra abbastanza folle chiedere di vivere a più di 1.600 milioni di chilometri dal nostro amato pianeta?

«Forse, signore. Ma, come hai detto prima, è una follia meravigliosa perché grazie al fatto che ci sono sempre stati tali "pazzi", l'Umanità ha potuto progredire.

"Siamo d'accordo, giovanotto.

E i due uomini si strinsero la mano con grande emozione.

Alla fine, Jerry Kelly aveva trovato qualcuno che lo capiva completamente.

CAPITOLO III

Un mese e mezzo dopo il suo primo colloquio con il responsabile del funzionamento del "Saturn XI", Jerry Kelly ha potuto presentare i risultati ed è stato quindi soddisfatto.

Al decimo piano del satellite artificiale, accanto agli hangar dove erano allineate le cinque navicelle di cui era equipaggiato il "Saturno XI", l'anziano astrofisico Walter Lehman gli aveva permesso di allestire i suoi laboratori.

Una serie di stanze comunicanti, allineate all'ultimo piano in modo che i loro soffitti potessero essere parzialmente aperti verso l'esterno, contenevano i delicati strumenti ultrasensibili che Jerry Kelly stava assemblando con l'aiuto dei suoi collaboratori.

Persone come lui, destinate al "Saturno XI", ma che non hanno esitato a impiegare le loro ore libere su questo nuovo progetto. Jerry aveva raccontato loro delle sue teorie in Acustica e dei vecchi sogni che suo padre non riusciva a realizzare.

Dopo molte discussioni e accordi, questo fantastico progetto è stato battezzato "The Voice of the Universe".

Jerry Kelly aveva accettato il suggerimento dei suoi colleghi collaboratori, ragionando con loro:

"Mi piace quella cosa "Voce dell'Universo"! Perché, infatti, sarà l'Universo che ci "parlerà". Noi, con l'aiuto di questi strumenti che stiamo costruendo, cattureremo tutti i suoni che viaggiano nello spazio. E le star ci affideranno i loro segreti!

La maggior parte di coloro che si sono uniti volontariamente al compito non ha capito una parola di Acustica. Ma erano giovani, erano anche entusiasti della scienza, e con parole vivaci, con la sua veemenza e calore caratteristici, Jerry sapeva spiegare quale sarebbe stata la sua "invenzione" e tutto ciò che si sarebbe potuto realizzare con essa.

Se invece i tuoi collaboratori non erano specialisti in questioni sonore, lo erano in altre materie. Ad esempio, Billy Laughton e la bionda Ramy Piccole erano ingegneri elettronici. Michel Sauet era un esperto in materia meccanica, capace di progettare, assemblare e costruire il meccanismo più complicato, purché gli fosse data un'idea completa di ciò che gli veniva richiesto. L'erculea Arthur Hadmond era un genio dell'elettrodinamica, e la bella donna Marlene Power era da poco dottoressa in Cibernetica, quella scienza complicata che si occupa dell'arte di costruire e azionare dispositivi e macchine che, per mezzo di procedure elettroniche, eseguire automaticamente calcoli complicati e altre operazioni simili.

Con questo aiuto efficace e, soprattutto, con il determinato sostegno dell'anziano astrofisico Walter Lehman, che governava quella piccola colonia di cinquecento eccezionali esseri umani nello spazio, Jerry Kelly sperava di raggiungere molto presto il suo obiettivo.

Presto si sarebbe sentita "La voce dell'Universo".

Avevano solo bisogno di equipaggiarsi con gli stessi strumenti, ma ridotti a una dimensione più piccola, a una qualsiasi delle cinque astronavi che avevano. Quindi avrebbero effettuato i calcoli necessari con l'aiuto dei cervelli elettronici che avevano già assemblato, in modo che la nave uscisse a "recuperare" le parole che, sempre secondo le teorie di Jerry Kelly, sono continuate incessantemente attraverso i secoli che si protraggono nello spazio infinito. .

Jerry Kelly avrebbe voluto scegliere un momento decisivo nella lunga storia dell'uomo. Ad esempio, aveva sognato di "recuperare" le parole di Gesù Cristo quando parlava ai suoi discepoli il pomeriggio in cui pronunciava il suo meraviglioso "Discorso della Montagna".

Ma ascoltare direttamente niente di meno che la parola del Figlio di Dio era ancora un sogno. E non perché è stato così tanti secoli fa; era una semplice questione di calcolo al computer. I cervelli elettronici si sarebbero occupati delle equazioni necessarie, tenendo conto di tutti i dati che gli venivano forniti.

Tanti secoli, tanti anni. Tanti mesi, tante settimane. Tanti giorni, tante ore, minuti, secondi e centesimi di secondo.

"Totale, niente" disse Jerry.

Sarebbe anche facile calcolare dove si sarebbero propagate le onde sonore che sono entrate in vibrazione quando le parole divine sono state pronunciate. L'Universo era immenso e, quindi, secondo le leggi dell'Acustica, sarebbero state da qualche parte nello spazio, diffondendosi sempre più di più.

Jerry Kelly era un brillante specialista su tutti questi problemi. Conosceva a memoria la distanza percorsa dal suono in un secondo: in circostanze normali ea una temperatura di 0°C, a 331,8 metri, in aumento di circa 0,60 per grado.

"Te lo dico io" insistette. Questione di calcoli!

Se in un secondo il suono percorresse 331,8 metri, in un minuto riuscirebbe a colmare la distanza di 19.908; in un'ora, 1.194.480; in un giorno 28.667.520 e in un anno 10.463.644.800 metri.

Diecimilaquattrocentosessantatre milioni e seicentosessantaquattromilaottocento metri diviso mille a sinistra dieci milioni quattrocentosessantatremilaseicentoquarantaquattro chilometri, con un resto di ottocento metri. Non c'era altro che moltiplicare questa cifra per cento, per scoprire quanti chilometri ha percorso il suono in un secolo. Se la storia diceva che Gesù Cristo visse in Galilea ventun secoli e mezzo fa, più o meno, non c'era più niente da fare un'altra operazione aritmetica.

Totale: con questi calcoli non fatti al secondo o rigorosamente, le parole che il Figlio di Dio ha lanciato al vento continuerebbero a diffondersi a una distanza dalla Terra dell'ordine di ventidue miliardi di chilometri dal loro punto di partenza.

Ma loro stessi, circondando costantemente il pianeta Saturno, non erano già a circa due miliardi di chilometri dalla Terra?

Con le sue antenne ultrasensibili attaccate, la navicella spaziale non avrebbe più nulla da fare per percorrere venti miliardi di chilometri per "dare la caccia" alle onde sonore desiderate.

E gli astrofisici e i più eminenti uomini di scienza non assicuravano che, una volta fuori dal Sistema Solare, già planando nell'iperspazio esterno, libere dalla forza gravitazionale del Sistema, le astronavi potessero vedere la loro velocità centuplicata?

Qual era, allora, quella distanza da colmare?

"Sta andando verso l'infinito! "Ha detto la dottoressa Marlene Power, uno dei giorni in cui hanno discusso di quei problemi.

Con i suoi occhi sognanti, Jerry Kelly fissò il giovane scienziato e pensò seriamente:

"Questo è precisamente quello che deve essere sempre stato il modo di vivere dell'uomo, mio caro amico. Infinito!

In ogni caso, Jerry Kelly ha dovuto fare a meno di catturare con i suoi ingegnosi meccanismi acustici quelle parole divine che tanto desiderava e avrebbe voluto poter offrire al mondo. La storia non ha fornito i dati precisi necessari sulla vita del Figlio di Dio; almeno, per quanto riguarda il tempo e il luogo in cui predicava la sua dottrina divina in un dato momento.

"Che ne dici del discorso pronunciato dal presidente Abraham Lincoln dopo la battaglia di Gettysburg? Proposta di ingegnere elettronico Billy Laughton.

"Sì, Jerry! "Ha conquistato il suo partner Michel Sauet." Abbiamo dati precisi su quelle date. Luogo esatto, data fissa e tutto il resto.

"Studiando storia, ho letto quel discorso del presidente Lincoln" ha ricordato la bionda Marlene Power, unendosi a loro. È meraviglioso!

"Lo sarà di più quando potrai sentirlo lui stesso" ha assicurato Jerry Kelly, accettando a quanto pare la proposta dei suoi compagni.

"Pensi davvero di farcela, Jerry? "La ragazza ha voluto confermare.

"Hai detto male, Marlene. Qui lavoriamo tutti come una squadra! Pertanto, per realizzarlo, sarà un trionfo per tutti. .

"Protesta! Gridò il gigantesco ed erculeo Arthur Hadmond, con la sua forte voce di tuono.

Tutti lo guardarono, lasciando il lavoro, raccogliendosi attorno all'elettrodinamico anziano, che aggiunse, cercando di trattenere il tono:

"Sì amici. Ho detto che protesto!

"Perché, Artù?

"Perché non siamo altro che semplici studenti di acustica. Qui; Jerry è il responsabile e lo aiutiamo solo a montare i dispositivi che indica.

Jerry Kelly guardò l'omone con gratitudine, ma disse:

"Sei molto gentile, Arthur, ma insisto che non cerco la gloria personale in questo. Piuttosto, è come... Sì, amici: come "qualcosa" che sono dentro da anni e che non vedo l'ora di lasciar andare, per poterlo offrire a tutta l'umanità.

Inclinò la testa come faceva sempre quando rifletteva o ricordava qualcosa, aggiungendo, dopo una breve pausa:

"Ricordo quando mio padre ci stava già lavorando. All'epoca ero molto giovane e non riuscivo a comprendere appieno tutto ciò che mi stava insegnando. Quelle equazioni complicate e tutti quei calcoli mi annoiavano!

«Tuo padre era uno dei dodici saggi del Wilder Institute. Giusto, Jerry? Marlene Power voleva saperlo.

"Sì... Ha vinto dei concorsi molto ravvicinati e gli hanno dato la cattedra di Acustica, ma...

Con la sua consueta bruschezza, andando sempre dritto alle cose, Arthur Hadmond cercò di indovinare:

"Morto...?

«Sì, Arthur... per caso. Un pomeriggio è esploso qualcosa nel suo laboratorio ed è stato trovato carbonizzato. Fortunatamente, tutti i progetti e i piani erano a casa. Vivevo con una mia zia che...

Il visore iniziò a ronzare e lo schermo si illuminò, mostrando il viso rugoso del professor Walter Lehman. La comunicazione è arrivata direttamente dall'ufficio del direttore del "Saturno XI" e ha annunciato, con la sua voce alta e concitata:

"Jerry è in giro?

Jerry Kelly si avvicinò all'apparecchio, consapevole che lo schermo avrebbe riflesso la sua immagine nell'ufficio dell'astrofisico.

"Dirai, professore.

"Ciao, Jerry. Per favore, vuoi venire? Devo avvisarti di una cosa.

Il ronzio è cessato quando lo schermo è stato spento.

Si avvicinarono tutti al giovane ingegnere acustico, ma fu la ragazza bionda a parlare:

"Che succede Jerry?

"Non lo so, Marlene. Ma credevo di aver notato un po' di secchezza nella voce del professore.

"L'ho notato anche io", ha detto Michel. Ha parlato come quando è preoccupato per qualcosa.

Jerry Kelly ha contattato i suoi volontari volontari e ha annunciato:

"Va bene per oggi, gente. Che ne dici di incontrarci di nuovo in sala da pranzo?

"Vorrei finire quella dinamo che mi dà tanta guerra e...

«Sai che devo chiudere queste stanze, Billy. Il sistema di sicurezza lo richiede.

"Va bene, lo farò domani.

Uscirono tutti e Jerry Kelly manipolò il tabellone accanto alla porta in modo che le fotocellule registrassero la password che solo ripetendola avrebbe permesso a qualcuno di entrare in quelle stanze metalliche, sigillate ermeticamente dal telecomando.

Attraverso il corridoio mobile, raggiunsero l'ascensore, che era distribuito agli altri piani, ognuno dei quali doveva tornare ad occupare la propria posizione sulla stazione spaziale.

L'ultima a salutare è stata Marlene Power, che ha annunciato, prima che Jerry Kelly entrasse nell'ufficio del direttore del "Saturn XI":

"Non perderti la cena, Jerry... voglio chiederti di quelle maledette antenne.

"Non hai ancora risolto il problema, Marlene?

"No... è più difficile di quanto sembri. Se devono avere la lunghezza d'onda da te richiesta, negli oscilloscopi dovremo inserire più celle di isotopi magnetizzati con il peso specifico di ...

La ragazza bionda si fermò, sorridendo mentre salutava:

«Non far aspettare il capo adesso, Jerry. Parleremo in seguito.

"Hai ragione. A più tardi, Marlene.

Pochi minuti dopo si aprivano le porte dell'ufficio monumentale del direttore del "Saturno XI".

E Jerry Kelly vide nel volto dell'anziano Walter Lehman che, in effetti, stava succedendo qualcosa di molto serio.

CAPITOLO IV

La prima parola che risuonò in quella stanza fu questa:

"È finita!

Jerry Kelly si avvicinò al tavolo dietro il quale era seduto il vecchio professore. Pensò di aver capito male e chiese, senza osare sedersi come prima:

"Come ha detto, signor Lehman?

«Ho detto che è finita, Jerry. Niente più esperimenti acustici!

"Ma, signore... Ora che abbiamo lavorato così duramente, quando stiamo per ottenerlo e...

«Sai meglio di chiunque altro l'interesse che ho messo in questo, ragazzo. Lo sai benissimo!

«Questo è esattamente il motivo, signor Lehman. Non capisco come ora...

Walter Lehman smise di pettinarsi i capelli grigi con le dita, prima di abbassare la mano su un pezzo di carta sul tavolo e offrire:

"Leggi questo, Jerry. Forse lo chiarirò...

Jerry Kelly ha letto rapidamente la dichiarazione. Era un messaggio irradiato, proveniente dall'astronave madre, quella che effettuava i viaggi da satellite artificiale a satellite, fornendo ciò che a sua volta stava ricevendo dalla lontana Terra.

In breve, quella dichiarazione avvertiva: niente più esperimenti acustici sul "Saturno XI". Tutti i lavori eseguiti al di fuori dello studio programmato del pianeta e della costituzione dei suoi anelli saranno considerati una frode. E dell'inutile spreco del prezioso materiale che viene utilizzato, sarà responsabile il direttore del "Saturno XI".

Jerry Kelly guardò l'anziano astrofisico e borbottò, sempre più preoccupato:

"Pensi: pensi che questo ti farà del male, signore?

Walter Lehman scrollò leggermente le spalle mentre borbottava:

«È ovvio, Jerry. Nell'assemblaggio dei vostri laboratori abbiamo utilizzato materiale molto pregiato. Macchine e strumenti costruiti qui, che loro... Non approvano!

"Loro, signore?

«Più chiaro, Jerry. Il consiglio di amministrazione del programma Saturn.

"Chi lo presiede?

"Peter Masson, un uomo che fino ad ora è stato un buon amico e che non si è opposto quando, nelle prime comunicazioni, l'ho aggiornato. Certo, mi disse che finché quel lavoro non interrompeva il programma, nelle ore di riposo potevi fare quello che volevi. Dopo... .

Jerry Kelly non interruppe quella pausa, ascoltandolo aggiungere:

"La settimana scorsa ho chiesto le piastre filtranti che mi avevi chiesto. Apparentemente la nave madre non aveva questo materiale delicato e a sua volta lo ha richiesto alla Terra. Sai che lì vedono le cose in modo più meticoloso e che l'intero Programma Saturno deve essere approvato dal Wilder Institute. Buona...

Nuova pausa prima di finire:

"Apparentemente, quando Charles Wilder lo ha scoperto, ha urlato. In questo momento sta venendo qui una Commissione d'inchiesta per il caso. Ho perso la mia posizione!

Walter Lehman aveva già molti anni, ma in quel momento sembrava ancora molto più grande. Non era un segreto per nessuno che quest'uomo fosse stato nello spazio per più di metà della sua vita. Pioniere nella conquista di Marte, aveva in seguito preso parte al primo contatto diretto con Venere, Mercurio e Giove. Proprio sul pianeta gigante aveva ottenuto il prezioso premio "Einstein", per un certo sistema rivoluzionario che consentiva di dotare il pianeta di un'atmosfera: bruciando gigantesche montagne di rocce, l'ossigeno e l'acqua che Giove aveva nell'antichità venivano liberati.

E ora, quando il passo decisivo della sua eccellente carriera doveva svolgersi davanti al pianeta Saturno...

"Scusa, professore. Non avrebbe mai dovuto ascoltarmi!

"Bah! Non preoccuparti, Jerry. In fondo, voleva già riposare. Vado a pescare trote in un fiume in Canada.

“Ma hai dedicato tutta la tua vita a...

"C'è! Ho dedicato tutta la mia vita alla conquista dello spazio, anelando ad aiutare gli uomini a dominare almeno l'intero sistema solare. Il mio sogno è stato quello... E confesso che lo è ancora! Un vecchio come me, con così tanto tanta esperienza accumulata, non può servire ad altro, ma se "loro"...

Si fermò quando vide che il giovane che stava ascoltando voleva parlare. Jerry Kelly ha preso in considerazione solo in quel momento il danno che Walter Lehman potrebbe subire e ha osservato:

“Conosco personalmente il signor Charles Wilder, professore. Era un grande amico di mio padre, che incontrò quando divenne uno dei dodici saggi del Wilder Institute. Forse se potessi parlargli...

L'anziano astrofisico sorrise grato, anche se interrogativo:

«Hai fiducia in quell'uomo, Jerry?

«Vede, signor Lehman... una volta pensavo di essere legato in qualche modo a lui. Sua figlia, Fanny Wilder, è quella che... stavo per sposarla.

"Wow, ragazzo! Non sapevo una cosa del genere. E come ha fatto il potente Charles Wilder a non aiutarti nelle tue indagini?

"Si è sempre opposto, da quando mio padre è morto in loro. Saprai già che Charles Wilder è un uomo molto intraprendente, a cui piace molto aiutare le persone. Suo nonno ha fondato il Wilder Institute per aiutare la scienza, e ha seguito la tradizione di famiglia dotandola di ingenti somme. Ma mille volte mi ha detto che quello che mio padre stava sognando era una sciocchezza. L'acustica non lo interessa; Charles Wilder preferisce vedere il nome dell'istituto legato alla conquista di qualsiasi altro pianeta.

Jerry Kelly sembrava ricordare mentre continuava:

"Abbiamo litigato ultimamente, su mia insistenza. Forse è stato questo che ha influito sui miei rapporti con sua figlia ed io... Ebbene, professore, ho fatto domanda per questa posizione, come le ho già detto quando sono arrivato, per continuare a indagare. Il "Saturno XI" è una piattaforma ideale, poiché è così lontano dalla Terra.

«Apprezzo la tua intenzione, Jerry, ma ormai è troppo tardi. Arriva la Commissione d'inchiesta. Non pensavo lo facessero in vista del rapporto che ho inviato. In esso ha dettagliato tutti i progressi compiuti nel tuo progetto e i magnifici risultati che si potrebbero ottenere. Ci ho messo molto impegno perché io... credo fermamente nel tuo sogno, Jerry!

Walter Lehman si è alzato molto vivace per i suoi anni, concludendo, con un gesto energico:

"È di più, ragazzo! Fino a quando non sarò ufficialmente sollevato dal mio posto di comando, nessuno distruggerà ciò che hai assemblato sul Saturn XI.

«Distruggere, dici, signor Lehman? "Ripetuto, allarmato, il giovane specialista in acustica.

"Esatto, Jerry. Giorni fa ho ricevuto l'ordine di smantellare il tuo laboratorio, con la scusa che tutto quel materiale utilizzato può essere adattato ad altre funzioni. Non volevo dirti niente, nel caso le cose si fossero calmate, ma ... "la sua mano indicò di nuovo l'ordine ricevuto." Vedi!

«Sembra che abbiano un interesse speciale nell'impedire le mie indagini, professore. È assurdo che, visto che siamo riusciti ad assemblare tutta quell'ottima attrezzatura, ora...

"Ecco perché lo fermerò! E se mi processano... mi processano!

«No, signor Lehman. Mi prenderò la responsabilità di tutto. non posso lasciarti...

Jerry Kelly si fermò quando vide illuminato il gigantesco schermo radar attaccato alla parete di fondo dell'ufficio. Le coordinate puntavano verso un punto sempre più visibile, e dopo aver premuto il pulsante corrispondente sul pannello di controllo, Walter Lehman chiese attraverso il visofono:

"Cosa c'è, Gassman?

Una voce impersonale li raggiunse:

"Signore... la nave madre si sta avvicinando. Ha detto che sarà localizzato durante il lancio del veicolo in cui arriverà la Commissione Investigativa.

«Bene, Gassman. Ordina di sistemare il binario numero tre. Ma quel dannato Peter Masson potrebbe avvicinarsi, invece di mandare tutti quei signori.

La stessa voce annunciò:

"Il generale Masson ha detto che avrebbero dovuto portare rifornimenti alla base spaziale 'Mercurio'. Saranno di nuovo ubicati nello stesso luogo, per ricevere il veicolo con quelli della Commissione e ...

«Lascia perdere, Gassman! "Sollecitato il responsabile del« Saturno XI ».

E con te, signore.

L'interfono si chiuse di scatto quando l'astrofisico incontrò lo sguardo di Jerry Kelly ed esclamò:

"Hai sentito! Non vogliono perdere tempo.

Poi premette un altro bottone, e quando uno dei pannelli dell'ufficio si aprì, fu in comunicazione con i suoi aiutanti, che rimasero nella stanza attigua. Il secondo responsabile del "Saturno XI" avanzò verso il suo capo e Walter Lehman annunciò:

«Dovrai prendere il comando, Anthony. Non vedrò più quei graziosi anelli di quel dannato pianeta per due ore.

"Arrivano, professore?

"Sì, Anthony. Stanno arrivando!

Jerry Kelly si sentiva sopraffatto. Era confuso e non sapeva cosa dire all'uomo che, aiutandolo, credendo in lui e dimostrandogli la sua fiducia, dopo più di mezzo secolo di costante servizio attivo stava per veder stroncata la sua magnifica carriera.

CAPITOLO V

Un uomo alto e straordinariamente magro con un tic nervoso che gli faceva arricciare l'angolo sinistro delle labbra sottili, annunciò:

"Io sono Armstrong... Roger Armstrong, responsabile di questa Commissione Investigativa, il Professor Lehman.

Walter Lehman guardò con occhi stanchi i quattro individui che l'uomo presentava con il movimento a ventaglio della mano, inclinando leggermente la testa grigia per cortesia. Jerry Kelly ha fatto lo stesso, così come i suoi più diretti collaboratori: il biondo Michel Sauet, l'erculeano Arthur Hadmond, l'ingegnere elettronico Ramy Piccole, Billy Laughton e la graziosa Dr. Marlene Power.

Tutti si sentivano accusati, mentre continuavano ad ascoltare la voce un po' rotta e metallica di quel Roger Armstrong, che continuava:

"La nostra visita è molto spiacevole, ma visto quello che hai fatto sul 'Saturno XI', molto preciso. Non deve aver dimenticato, soprattutto lei, Professor Lehman, che il programma non ammette modifiche o...

"Nessuno ha modificato nulla, signor Armstrong" rettificò, inoltre, la fredda voce del vecchio astrofisico. Le analisi, le misurazioni e le indagini su Saturno sono proseguite al loro ritmo normale. Mi affido ai rapporti che Peter Masson deve aver ricevuto di tanto in tanto sulla sua nave madre.

"Ma sono entrati in una seria ricerca acustica, usando questa base come piattaforma per qualcosa che non era nello show.

«Insisto nel dirti che il tuo capo, Peter Masson, lo sapeva. Gliel'ho comunicato non appena ho deciso che Jerry Kelly stava chiedendo di fare questo lavoro extra per continuare le sue prove.

"Mi permetta di ricordare personalmente al signor Kelly che queste prove ed esperimenti sono stati interrotti al Wilder Institute con la sfortunata morte di suo padre. Il signor Charles Wilder stesso gli disse che...

"Non credevo che il Wilder Institute si opponesse al mio continuare a indagare qui" ha obiettato quanto sopra.

"Vedi, sì; Non appena le informazioni sul caso hanno raggiunto la Terra, abbiamo ricevuto l'ordine di sospenderle.

"Posso chiedere perché, signor Armstrong?

«La sua domanda è importante, signor Kelly. Nel caso di materiale così prezioso che hai dovuto utilizzare, dovresti sapere che questa perdita, di per sé, costituisce un reato grave.

"Non è una perdita. un giorno...

La mano magra ed estremamente ossuta di Roger Armstrong si mosse in aria mentre catturava:

«Se il suo programma verrà mai approvato, io e il generale Peter Masson saremo i primi a congratularci con lei, signor Kelly. Ma per ora, dobbiamo opporci con forza. Tutto il tuo prezioso laboratorio sarà trasferito sul veicolo che ci hai portato, per essere portato sulla nave madre del generale Masson.

Di nuovo la sua mano agitò per impedire loro di approfittare del respiro che prendeva, avvertendo:

"E tutti voi siete sollevati dai vostri incarichi, compreso, ovviamente, il professor Walter Lehman, che spero non abbia obiezioni.

«Se sono ordini superiori, dovrò accettarli, signor Armstrong.

«Lo sono, professore. Puoi vedere tu stesso la firma del generale Masson. So che è suo amico, ma se anche lui viene pressato, capirà che il nostro dovere è...

Ha lasciato le parole in sospeso e Jerry Kelly ha obiettato:

"Il mio laboratorio deve essere smantellato, signor Armstrong?"

"Totalmente necessario! Questa Commissione è stata formata proprio per questo, mentre allo stesso tempo valuta tutti gli strumenti utilizzati nella giusta misura. Capisco che hai richiesto molti strumenti di tua fabbricazione.

"È così. Ci è costato molto progettarli, e ancora di più realizzarli. Tieni presente che il ruolo che devono svolgere non è mai stato tentato fino ad ora. Anche mio padre non è riuscito a concepire per metà del Alcuni anni fa le tecniche attuali non erano disponibili, né forse il poveretto poteva trovare dei validi collaboratori come io ho avuto la fortuna di trovare.

Così disse Jerry Kelly, indicando ai cinque uomini e alla ragazza bionda che erano accanto a lui, i quali, nonostante riservassero ai visitatori il migliore dei loro sorrisi, sentirono Roger Armstrong replicare, come con visibile soddisfazione:

"Beh, è un peccato che tutto questo lavoro, signor Kelly

Poi si rivolse ai quattro uomini che lo accompagnavano, ordinando loro:

"Possono iniziare. Voglio un buon inventario, minuziosamente dettagliato pezzo per pezzo.

Quello stesso giorno, i collaboratori di Jerry Kelly si radunarono in sala da pranzo, con grande disgusto apprese che, dopo l'inventario, tutti i suoi strumenti venivano imballati, per essere trasportati sul veicolo spaziale con cui sarebbero partiti, anche loro, verso l'astronave madre .

Con veemenza e incapace di trattenersi più, l'erculea Arthur Hadmond propose:

"Non c'è modo di fermarlo, Jerry?

"Non essere volgare! "Michel Sauet ha obiettato. "Come? Scopare con quegli idioti della Commissione Investigativa?

"Perchè no?

"Perché non anticiperemo nulla, Arthur" li tranquillizzò Jerry Kelly.

Anche dimesso in parte, Marlene Power ha affermato:

"Tra pochi giorni la nave madre ci aspetterà. Se ci rifiutiamo di spedire quei dispositivi e non andiamo...

"Non pensare più a sciocchezze! Billy Laughton è intervenuto. Sarebbe una rivolta, e abbiamo già messo il povero professor Lehman in un bel po' di guai.

Ramy Piccole non aveva detto nulla da quando era finita la cena, ma abbandonò il silenzio mentre chiedeva, guardando uno per uno i suoi amici:

"Pensi che ci manderanno sulla Terra?

"Non sarebbe una punizione" ha affermato Arthur Hadmond.

L'incognito è stato cancellato il giorno successivo, quando quando ha preso il posto dell'incarico che Jerry Kelly aveva «firmato, il suo compagno che stava lasciando il turno gli ha augurato:

«Ti servirà molta fortuna, Jerry. Finora nessuno ha provato!

Jerry Kelly è andato ad accendere la macchina sonora acustica per captare le onde sonore provenienti dalla massa del pianeta Saturno, quando è stato interrotto quando chiedeva:

"Cosa vuoi dire, Sidney?

"Agli anelli. Non hai sentito?

"Vengo dalla mia cabina adesso. A proposito, non ho dormito molto. Ho passato la notte a pensare al nostro trasferimento, forse sulla Terra.

Sydney fece una smorfia perplessa mentre ripeteva:

"Sulla terra? Ma se vai sugli anelli! Me l'ha detto il capitano Quiin! Stai già preparando la tua astronave.

"Come si dice Sidney?

"Esatto, Jerry. Sulla piattaforma numero cinque; A proposito, non so cosa faranno per te tutte quelle macchine che hai fatto costruire da Marlene, Arthur e gli altri.

Ancora più stupito, Jerry Kelly ha lasciato il suo posto chiedendo:

«Puoi continuare per un altro paio d'ore, Sydney? Voglio confermare tutto quello che dici. Devo parlare con il professor Lehman!

Sydney ha ripreso la sua posizione, accettando con compassione:

"Puoi andare, Jerry. Un ragazzo che cercherà di atterrare da qualche parte negli anelli di Saturno, gli può essere concesso tutto. È come quando sei condannato a morte e...

"Vuoi stare zitta, Sydney?

Pochi minuti dopo, Jerry Kelly era al centro nevralgico di quella meravigliosa meccanica d'acciaio che era il satellite artificiale "Saturno XI". Davanti a lui c'era ancora l'anziano professore Walter Lehman, che confermò alle sue domande:

"Esatto, Jerry... proviamoci!

«Non ho nulla da obiettare, se sono stato scelto, professor Lehman. Quando ho accettato questa posizione, sapevo a cosa mi stavo esponendo. Ma vorrei sapere se la mia designazione, e anche la tua, ha qualcosa a che fare con l'altra.

"Deve essere così, ragazzo, dato che la troupe ha incluso Arthur, Michel, Ramy, Billy e anche... anche Marlene Power!

Jerry Kelly quasi sobbalzò mentre avanzava verso il tavolo di un altro passo, esclamando:

"Anche lei?

"Sì, Jerry... anche quella povera ragazza!

"Ma perché? Perché tutto questo, signor Lehman?

"Non lo so, figliolo. L'ordine è arrivato direttamente dal generale Peter Masson.

Impotente, il giovane scosse le dita mentre esclamava:

"Beh, sì, il suo buon amico Masson lo ama! Sai cosa ti manda a morte certa?

«Deve aver ricevuto ordini a sua volta, Jerry.

"Perché quel Roger Armstrong ha detto in primo luogo che sarebbe tornato alla nave madre con noi, quei ragazzi con lui e tutti gli strumenti nel mio laboratorio?

"Anche lui credeva così. L'altro ordine è arrivato dopo.

"D'accordo! So che un giorno o l'altro hai dovuto provare. Ma non mi ha spiegato perché proprio noi sei inclusi nell'equipaggio del capitano Quiin dobbiamo andare.

Jerry Kelly passeggiava nervosamente per la stanza spaziosa, le mani intrecciate dietro la schiena, mentre continuava, visto il silenzio del vecchio:

"E tanto meno spiegarmi che devono caricare tutta la mia attrezzatura sulla navicella spaziale del Capitano Quiin. A che serve lì, se non siamo sicuri se saremo in grado o meno di entrare in contatto in quegli anelli condannati?

Quasi con un filo di voce, Walter Lehman dichiarò:

"Non potremo, Jerry... Sono sempre più convinto che non formino una piattaforma solida. Sono condensazioni di basi! E gas velenosi!

«Ammetto che un giorno qualcuno dovrà venire a confermarlo o smentirlo, professore. Ma non posso credere che il nostro appuntamento sia stato una "coincidenza"!

L'astrofisico si alzò lentamente dicendo:

«Neanche io ho paura della morte, Jerry. Alla mia età, dopo aver visto tanto ed esserne uscito bene in tante altre circostanze, questo non conta.

La sua voce divenne più energica e cambiò tono mentre esclamava:

"Ma mi ripugna che ci mandino lì come se volessero..., come se volessero sbarazzarsi di noi!

Jerry Kelly rimase in silenzio, rispettando la rabbia attutita del suo capo. Sapeva che francamente avrebbe continuato a presentargli tutto ciò che pensava e non fu sorpreso di sentirlo aggiungere:

"Che diavolo! Il nostro crimine non è stato così grave. Cosa? Quei milioni che abbiamo speso in strumenti, materiali e macchinari valgono più delle nostre vite?

«Non è così, signor Lehman. Il fatto che questi strumenti vengano caricati sulla nave del Capitano Quiin lo dimostra. Anche se mettono a rischio la nostra vita Esplorare lo spazio, specialmente l'ignoto, sai meglio di chiunque altro che comporta sempre dei rischi. Ma... perché indossare tutto questo? Pensi che troveremo un posto ideale dove atterrare e stabilirci in modo che io possa continuare la mia ricerca?

"Ho detto, Jerry. Vogliono sbarazzarsi di noi di tutto questo!

"Ma... chi, professore? Il tuo amico, il generale Peter Masson?

"Non lo so... sono confuso! Peter ed io abbiamo sempre avuto buoni amici. È difficile per me credere che l'ordine sia venuto da lui!

«Ha comunicato direttamente con il generale Masson, signore?

"Non potevo. Ha inserito l'ordine per codice, con tutti i suoi requisiti di sicurezza, ma mi hanno detto che non era sulla nave madre. C'è una base spaziale che ha richiesto la tua visita.

Jerry Kelly rimase in silenzio, ma la sua mente non smise di lavorare. In pochi secondi pensò a tante cose. Nel rischioso viaggio che avrebbe dovuto fare, nel quale sarebbe stato accompagnato, nei suoi amati strumenti che gli erano costati tanti anni di lavoro, tenacia e fatica di immaginare.

Per ora, ora che finalmente li avevano presi...

Ad alta voce, ha solo affermato:

"Povera Marlene! È così giovane...

"La sua presenza nella spedizione, dicono, è giustificata dall'essere una grande specialista in Cibernetica. L'ordine in codice del generale Masson indicava specificamente che doveva essere incluso nel caso in cui una volta lì fossimo stati costretti a improvvisare. Quella ragazza è molto brillante e...

Senza sapere davvero perché, Jerry Kelly improvvisamente seppe:

"E cosa dicono quelli di quella nuovissima Commissione Investigativa? Avrebbe fatto sentire uno sparo anche per loro essere inclusi in quel piccolo viaggio!

"Roger Armstrong è diventato bianco e il suo labbro ha cominciato a tremare con quel tic nervoso che di solito sembra farlo arricciare", ha detto l'astrofisico, qualcosa di divertente.

«Lei è specialista in qualcosa, signor Lehman?

"*No, ma l'ordine indicava che potevano coprire i porti secondari. Dopotutto, sono tutti uomini adeguatamente addestrati per la vita nello spazio.*

Tacquero di nuovo, interrotti dalla voce di Jerry che voleva confermare:

"*Quando partiamo, professore?*

Walter Lehman ha avuto la strana e fastidiosa sensazione che sia stato lui a condannare i suoi amici sottolineando: a voce bassa:

"*Per prima cosa domani mattina, figliolo...*

CAPITOLO VI

Arthur Hadmond guardò fuori dalla finestra di quarzo trasparente, dicendo, con la sua voce forte e tonante:

"Chi era lo sciocco che cantava alla luminosità del cielo, al suo "azzurro" puro, a tutte quelle sciocchezze?

"Deve essere stato un poeta", ha chiarito Michel Sauet con riluttanza.

"Beh, io lo vedo nero! Nero come il bitume! Meglio ancora, ragazzi. Come la bocca di un lupo!

«Ecco cos'è, Arthur. Una bocca di lupo che ci divorerà!

Tutti gli occhi erano puntati su colui che aveva detto qualcosa che, in fondo, l'avesse confessato o meno, pensavano tutti. Ci avevano pensato da quando la piattaforma di decollo numero 5 era stata pronta, lanciando l'astronave del capitano Marty Quiin nello spazio.

Il "Saturno XI" fu lasciato indietro, fino a diventare un punto luminoso e brillante, come se fosse uno dei dieci satelliti naturali del pianeta sconosciuto di cui dovevano esplorare le vicinanze.

Ramy Piccole catturò l'attenzione dei suoi compagni scout e protestò, dopo il pesante silenzio dietro le sue ultime parole:

"Cosa sta succedendo? Perché mi guardi così? Ho detto una sciocchezza?

«L'hai fatto, Ramy.

Dopo aver detto questo, Jerry Kelly lasciò il suo posto dopo aver allentato le cinture, avvicinandosi a Marlene Power per chiedere:

"Vuoi aiutarmi? Sarà necessario apportare alcune modifiche al misuratore di radiazioni. Vedo che i numeri continuano ad aumentare.

A malincuore, la donna bionda ha negato:

"Non voglio davvero lavorare, Jerry. E se lo fai per intrattenerla e non ascoltare i cattivi presagi di Ramy, non preoccuparti. Non pensare che niente di quello che dico mi influenzi!

"Beh. A me, sì! "Ha protestato, da parte sua, Michel Sauet. " Che idiota! Non è piacevole che ti ricordi costantemente che potresti morire.

"Cretino!" Rispose seccamente il suddetto, in piedi accanto all'alto Arthur, per guardare anche fuori.

I nervi si scatenarono e Michel Sauet si liberò rapidamente dalle cinghie, venendo fermato dall'anziano Walter Lehman, che consigliò:

"Perché non tutti cercano di rimanere calmi? O mi diranno che è la prima volta che fanno un viaggio rischioso?

"Un viaggio rischioso, no, professore" scattò Ramy Piccole imbronciato. Ma non mi era mai stato ordinato di suicidarmi! E sai che ci disintegreremo quando ci avvicineremo a quei dannati anelli!

«Non ne sono sicuro, Ramy. Questo è quello che devi provare!

"Ah sì? Siamo cavie? Perché proprio con una nave con equipaggio? Ricordo nei primi fondali di Giove...

"Eccolo, ragazzo! "Lo ha interrotto, sperando di essere un catalizzatore per i nervi di tutti". Te lo ricordi davvero?

«Non può essere facilmente dimenticato, signor Lehman. Dai... mi sembra!

"Beh, ricorderai anche che quando sono state inviate le prime navi telecomandate, tutti pensavamo che non sarebbero arrivate. E sono arrivati!

"Questo è diverso, amico. Guarda il misuratore di radiazioni! Pensi che quell'ago sia impazzito?

Jerry Kelly ha insistito, invitando la donna:

Dai, Marlene. Il meccanismo potrebbe essere sbagliato. Dobbiamo programmarlo per resistere a maggiori influenze. È una questione di...

La ragazza bionda lo seguì, scivolando giù per la scala centrale al piano inferiore. La navicella guidata dal capitano Marty Quiin non era grande. Tutto era a posto per sfruttare al meglio lo spazio, e sebbene l'intero equipaggio potesse rimanere lì per sei mesi, non si poteva dire che fosse rimasto mezzo metro cubo.

Al pianterreno c'era la sala comune, e lì venne loro incontro lo sgradevole Roger Armstrong, che si avvicinò annunciando:

"Andiamo, Jerry. C'è qualcosa che voglio che tu veda!

«Cosa c'è, signor Armstrong? Sei anche emozionato?

"Ci deve essere, credetemi.

Lo seguirono attraverso gli stretti corridoi di metallo, fino a raggiungere il magazzino. Vedendo tutti i suoi strumenti imballati allineati lì, Jerry Kelly non ha potuto fare a meno di dire

"Peccato! Con tutto quello che ci è costato costruire questo, non so cosa faranno per noi ora!

Roger Armstrong si avvicinò a uno dei pacchi, mettendoci le mani sopra, annunciando:

"Prego, perché questi non sono i tuoi strumenti Jerry.

"Come si dice? Marlene è intervenuta, sorpresa come la sua giovane compagna.

Quello che sentono. Ho aperto uno di questi pacchetti e l'ho controllato. Qualcuno ci ha ingannato! E vorrei sapere perché!

Le mani di Jerry Kelly cominciarono a strappare febbrilmente il telo impermeabilizzato dai fasci. Contenevano strumenti, computer, contatori e tutti i tipi di strumenti.

Ma non erano loro che con tanto impegno, lavoro e amore aveva ordinato di costruirsi i suoi amici!

I grandi occhi azzurri della donna bionda scrutarono i suoi e la sua voce gli chiese:

"Cosa pensi che questo potrebbe significare, Jerry?

«Prima di tutto, una bufala, Marlene.

"Ma da chi?

"È la prima cosa che dobbiamo scoprire.

Roger Armstrong continuava a esporre la confezione, urlando, quasi in preda all'isteria:

"Guarda! Guarda qui! Sono macchine inutili. Molte parti mancano. Sono state messe al posto dei loro strumenti!

Poi, più calmo, smise di passare da un pacco all'altro, aggiungendo:

"Sono venuto qui per curiosità, e ricordando gli apparecchi che mi avevi mostrato sul 'Saturno XI', ho visto che non erano tuoi. Qualcuno li ha caricati sulla nave del Capitano Quiin, invece degli altri!

"Il che significa che i tuoi sono ancora sul" Saturno XI "" ha dedotto la donna.

"Ecco, Marlene. Ma chi potrebbe fare una cosa del genere?

"La mia domanda è: e perché? disse di nuovo Roger Armstrong.

I tre rimasero in silenzio mentre riflettevano. Alla fine la voce marcatamente virile di Jerry Kelly pensò ad alta voce:

"Temo che...

"Cosa, Jerry? Parla per favore!

"Sì, Marlene... penso che dovrei, anche se sembra folle e mostruoso. Comincio a legare insieme i dettagli e mi portano a questa conclusione: "Qualcuno" vuole sbarazzarsi di noi. Da tutta la squadra che abbiamo formato!

Fece una pausa, prima di continuare:

"Ci mandano, per ordine superiore, ad esplorare gli anelli di Saturno perché sperano che non torneremo!

"Ma i tuoi strumenti...

"C'è! Ci hanno fatto credere che l'ordine comprendesse anche loro e che dovessero essere caricati su questa navicella... Ma non è così! Il che indica che sono ancora in "Saturno XI"... Perché quel "qualcuno" è interessato.

La mano ossuta di Roger Armstrong, alto e magro, si alzò, avvertendo:

"E perché ci hanno incluso nell'esplorazione? Ho presieduto la Commissione Investigativa che dovrebbe...

"Ecco perché Mr. Armstrong! "Jerry lo ha fermato." Anche tu ei quattro uomini che ti accompagnano sapevate qualcosa di quello che mi proponevo di fare e anche... anche voi desiderate vederli eliminati!

"Chi, Jerry? Stai pensando al generale Peter Masson, il comandante in capo della nave madre?

"Ti ha mandato, vero?

«Sì, ma il generale Masson è sempre stato un uomo onesto, incapace di una cosa del genere. Che interesse può avere che...?

"Se continuiamo in questa esplorazione suicida, non saremo mai in grado di scoprirlo. Parlerò con il Capitano Quiin!

"Aspetta, Jerry! Gli dirai di non continuare il viaggio?

"Esatto, amico!

"Ma questo... questo è disobbedire agli ordini! È quanto...

"Questo ci giustifica. C'è già un'anomalia nella nostra spedizione e non aspetteremo che ci venga data una scusa alla radio. Torneremo al "Saturno XI" lì scopriremo chi è stato che ha apportato la modifica sono questi pacchetti.

"Deve essere stato Louis Streisand! È incaricato di caricare e scaricare il "Saturno XI"! Quando ci inviano rifornimenti e materiale dalla nave madre, è lui che lo riceve, proprio come quando il professor Lehman doveva inviare qualcosa al generale Masson o sulla Terra.

"Beh, quel Louis Streisand dovrà spiegarcelo," disse Jerry Kelly con fermezza.

«Sarà necessario parlare con gli altri, Jerry.

«Lo faremo, Marlene. Dopotutto, il professor Walter Lehman è ancora il nostro capo.

* * *

Uno dei membri dell'equipaggio del capitano Marty Quiin si è avvicinato al suo capo e deve avergli sussurrato qualcosa all'orecchio.

Il capitano Quiin guardò tutti i presenti, sembrò riprendere fiato e infine annunciò:

"Amici... Non c'è solo un cambio di confezione! Il sergente Evans mi ha appena detto che, frugando bene nel magazzino, hanno trovato un "bello" congegno che può farci volare da un momento all'altro.

Vide allarme e sorpresa su tutti i volti, concentrando il suo sguardo sulla donna bionda mentre si tranquillizzava:

"Non dovrebbero preoccuparsi. I miei uomini stanno cominciando a smontare quella piccola carica atomica. E spero che lo capiscano!

Roger Armstrong cominciò a muoversi, come un'anguilla magra tirata fuori dall'acqua. Iniziarono i commenti e la voce del comandante della nave chiese di nuovo:

"Non ti arrabbiare! Se agiamo con calma, penso che possiamo tornare a "Saturno XI".

«È già deciso, capitano? "Chiese uno dei quattro compagni di Roger Armstrong.

Fu la voce dell'anziano astrofisico Walter Lehman a rispondere:

"Dato tutto questo, non continueremo con l'esplorazione. mi assumo la responsabilità! Mi metterò in contatto con il generale Masson e...

"Posso, professore?

Walter Lehman fissò i suoi occhi stanchi sul viso di Jerry Kelly, che continuò con il suo consenso:

«Meglio farlo da soli, professore. Più prudente!

«Ma è che... pensi che Peter Masson possa...?

"Possiamo sempre dire che il citofono si è rotto. Una volta tornato su "Saturno XI", Louis Streisand dovrà raccontarci del cambiamento in quei pacchi... e di come quel "bel regalo che gli uomini del Capitano Quiin hanno trovato lì è finito nel carico!"

"Volevano volatilizzarci! Esclamato Ramy Piccole

Ha affrontato non appena ha rivolto la sua esclamazione a Michel Sauet, ricordandogli:

"Non mi hai chiamato uccello del malaugurio? Bene, guarda se avevo un buon naso!

"Per favore" chiese il comandante della nave. Smettere di litigare. Vi prego ciascuno di prendere il proprio posto e lasciare che il mio equipaggio risolva la cosa.

Fu l'alto ed erculeo Arthur Hadmond che iniziò l'uscita, borbottando:

"Se scopro chi è il criminale che voleva mandarci all'inferno... lo strangolerò a mani nude!

CAPITOLO VII

Prima di iniziare la prima orbita attorno a "Saturno XI", l'ordine è arrivato dal satellite artificiale del pianeta alla navicella spaziale del Capitano Marty Quiin:

"Identificatevi! Questo è "Saturno XI"! Identificatevi!

A bordo della navicella, il capitano Quiin si voltò per incontrare lo sguardo dell'astrofisico Walter Lehman e del giovane Jerry Kelly. Alla fine collegò il citofono, trasmettendo:

"Questo è" Delta-5. " La nave comandata dal capitano Marty Quiin. Torniamo alla base! Permesso di atterrare.

La voce li raggiunse perfettamente udibile e acuta:

"Negato! Hai una missione da compiere. Dovrebbero essere a dieci milioni di chilometri da qui!

Walter Lehman si fece avanti, e fu lui a rispondere:

"Gassman? Sono io, Walter Lehman. Ti ho dato il comando del "Saturno XI" per ordine del generale Peter Masson... Bene. Torno e riprendo il comando del "Saturno XI". E stiamo per atterrare! Abbiamo bisogno che la piattaforma numero cinque sia messa in grado di...

Una serie di interferenze annunciava loro che la risposta si scontrava con le onde sonore del loro messaggio. L'astrofisico tacque per poter finalmente catturare:

«Di cosa si tratta, professor Lehman? Ho una responsabilità e insisto che tu...

«È un ordine, Gassman! Un caso di estrema emergenza!

"Bravo maestro. Darò l'ordine di allestire il binario numero cinque.

Due ore dopo, la navicella del capitano Marty Quiin stava scivolando lungo la gigantesca rampa che li avrebbe portati negli hangar del "Saturno XI". Tutti avevano la sensazione che fosse come tornare a "casa". In quel gigantesco satellite artificiale avevano trascorso più di un anno e lì avrebbero avuto tutte le comodità di cui durante quel breve viaggio di esplorazione avevano dovuto fare a meno.

Inoltre, erano tutti ansiosi di conoscerne le cause perché, in modo deliberato e criminale, erano stati mandati alla morte.

Una morte che in seguito avrebbe potuto essere giustificata, sostenendo che la spedizione agli anelli del pianeta Saturno era stata un fallimento.

Marty Quiin stava eseguendo la manovra con la sua solita abilità, quando all'improvviso ha percepito sui comandi che qualcosa non andava. Diede subito un'occhiata al cruscotto e vide che la rampa numero 5 cominciava a chiudersi prematuramente.

Questo era assurdo.

Nessuno poteva essere così maldestro sul "Saturno XI" da avviare l'operazione di chiusura prima della fine della manovra. Istintivamente, Marty Quiin avviò i motori, precedendolo a sua volta per non farsi travolgere dalla chiusura di quella gigantesca rampa di duro acciaio, come se fossero un insetto.

Scivolarono giù dalla rampa quasi verticalmente e lo schianto fu tremendo. Il formidabile peso della navicella ha distrutto parte degli hangar, dai cortocircuiti sono scaturite mille scintille e in uno di essi è scoppiato un incendio.

L'allarme automatico iniziò a suonare e nei corridoi del "Saturno XI" tutto era attività e movimento.

E all'improvviso, la nave del capitano Marty Quiin si squarciò come se una forza formidabile la stesse facendo a pezzi...

* * *

La prima cosa che Jerry Kelly vide di nuovo furono dei bellissimi occhi azzurri che lo fissavano. Si sentiva ancora mezzo stordito, ma credette di indovinare negli occhi di quella donna, amore; almeno lo guardavano con infinita dolcezza.

Riuscì a sedersi e, perplesso, chiese:

"Dove sono, Marlene?

"In infermeria. Per fortuna hai subito solo una commozione cerebrale.

"Cosa è successo?

"Dicono che c'è stato un incidente.

Poi, più piano, annunciò:

«È costato più di venti morti, Jerry. Anche il povero Arthur, Michel e Ramy...

«E il professor Lehman?

"Si sta anche curando. I feriti sono più di trenta.

"Così tanti?

"Sì; tra quelli di noi che stavano tornando, il personale dell'hangar e l'equipaggio del capitano Quiin... Molti dubitano che possano essere salvati. È scoppiato un incendio e... È stato orribile!

Jerry Kelly rimase seduto, soprattutto per vedere se riusciva a muoversi. La sua giacca del pigiama esponeva il suo torace ampio e peloso, e la donna bionda chiese:

«Non devi muoverti adesso, Jerry.

"Mi sento bene. Voglio parlare il prima possibile | con il professor Lehman e con Gassman.

"L'ho visto; Ti ho detto tutto, ma...

"Vai avanti, Marlene.

"Anche Louis Streisand è morto. A quanto pare è stato lui ad azionare la leva in modo che la rampa numero cinque si chiudesse prima di terminare la manovra. Quello su cui non avrebbe dovuto contare era la rapida reazione del povero capitano Quiin. Accese i motori e riuscì a far scivolare la nave all'interno. Ma nello scontro anche lui...

Jerry Kelly rimase in silenzio e Marlene Power continuò a riferire:

"A quanto pare uno dei motori è esploso. Il fuoco si è propagato agli hangar e quel farabutto...

"Perché Louis Streisand dovrebbe fare tutto questo?

"Non potremo mai più scoprirlo. Gassman non sa perché ha cambiato l'imballaggio, costringendo l'equipaggio a caricare sulla nave del Capitano Quiin altri pacchi che non contenevano i tuoi strumenti.

"Allora... sei ancora qui, Marlene?

La donna bionda sembrava esitare prima di riferire:

"No, Jerry... Gassman dice che durante la nostra assenza un'altra nave della madre si è avvicinata con l'ordine di portarli via.

"Wow! Questo implica una collusione coordinata. Ci mandano da "Saturno XI", caricano altri pacchi sulla nave che deve svolgere questa esplorazione, lasciano qui i miei strumenti, e quando ci credono all'inferno... altri vengono e portali via!

«Così è stato, Jerry.

«Te l'ha detto Gassman per ordine di chi?

«Per ordine del generale Peter Masson.

"Ho pensato!

"Hai intenzione di alzarti?

"Sì, Marlene. Ho troppe cose da fare per restare qui! Se esci un attimo, io...

Un'infermiera in camice bianco si avvicinò, protestando anche lei:

«Non deve alzarsi, signor Kelly. Il dottore ha detto che tu...

"Mi sento bene, signorina. Volete lasciare la stanza?

Mezz'ora dopo, al posto di comando del "Saturn XI", Jerry Kelly ha trovato l'anziano astrofisico Walter Lehman, che parlava con il suo assistente Gassman.

Lehman aveva il braccio destro fasciato, con una benda intorno alla testa che gli copriva i capelli grigi e selvaggi. Non si alzò quando lo vide entrare, ma disse, con un mezzo sorriso:

"Piacere di vederti bene, Jerry. Ho spiegato tutto a Gassman.

Jerry Kelly ha sentito un po' di disagio al lato sinistro, senza dubbio per il suo corpo che è stato colpito lì quando l'astronave è esplosa. Ma cercò di dimenticare se stesso e, indicando il citofono, volle sapere:

"Hai contattato il generale Masson?

"No, Jerry... mi sono ricordato di quello che hai detto. È più prudente agire da soli!

«Lo celebro, professore. Comincio a sospettare che il generale Masson sia coinvolto in tutto questo.

"Faccio fatica a crederci, figliolo. Peter è sempre stato un mio buon amico!

"Sì... ma l'ha mandato a guidare una spedizione che era condannata! E non solo, signor Lehman. Qualcuno ha messo lì un dispositivo criminale per atomizzarci!

"Tutto ciò che è inspiegabile" ha parlato Gassman.

"I fatti cantano. Avete preso provvedimenti?

Gassman aveva già ceduto il comando al suo vecchio capo, ma rispose:

"Sì: la polizia di sicurezza interna sta indagando.

"Con risultati?

"Non fino ad ora; tutto il personale del magazzino afferma che Louis Streisand ha ordinato loro di caricare i loro strumenti sulla nave del capitano Quiin. Ma a quanto pare i pacchi ne contenevano altri.

Jerry Kelly lo guardò interrogativamente mentre diceva;

"Questo non funzionerà, Gassman... Dopo aver lasciato il 'Saturn XI', un altro veicolo è arrivato qui dalla nave madre. E sono venuti con l'ordine di prendere i miei gadget!

"Vero, ma... cosa potevo fare?

"Almeno una cosa. Indaga sul motivo per cui qualcuno aveva dato loro il resto!

Apparendo visibilmente stanco, intervenne l'anziano Walter Lehman:

"Avresti potuto farne un altro, Gassman: abbiamo avvertito.

"Ehi! Adesso mi accuseranno di qualcosa? Non lo sapevo...

La voce di Jerry Kelly era imponente quando ordinava, vedendo che Gassman iniziava ad alzarsi:

"Siediti! E se fossi il professor Lehman, ordinerei che sia trattenuto fino a quando questo casino non sarà chiarito.

"Fermami?

"Sì, 'amico'... Tutte queste manipolazioni di carico e scarico non possono essere state fatte a tua insaputa. È molto ingombrante imballare più di cinque tonnellate di materiale, per non dire che è praticamente impossibile avere una piccola bomba atomica come quella che abbiamo trovato in "regalo" sulla nave del Capitano Quiin. Con il professor Lehman che ti ha dato il comando, "Saturno XI" è stato sotto il tuo controllo, e non mi dirai che Louis Streisand ha avuto accesso al dipartimento segreto dove sono custoditi questi manufatti, vero Gassman?

"Si tratta di un'accusa formale?

Prendilo come preferisci. Hai sempre aspirato a ricoprire la posizione del professor Walter Lehman. E questa è stata un'ottima opportunità!

"La trasmissione del comando proveniva da un ordine superiore. Il generale Masson fece lo stesso.

"Questo è un altro problema che dovremo risolvere.

"Hai intenzione di uscire di nuovo da" Saturno XI "?

Di nuovo con voce stanca, Walter Lehman confermò:

«Lo faremo, Gassman. Non ho intenzione di chiarire tutto questo alla radio con Peter. Devo parlargli personalmente! Temo che tutta questa cospirazione provenga da qualche parte e voglio sapere fino a che punto arriva. Ci sono molte vite perse e molte altre in gioco!

Gassman si alzò finalmente in piedi, già brandendo un'arma a raggio "Lasser" che aveva abilmente cercato in uno dei cassetti del tavolo. Il suo viso sembrava trasfigurato e gridò loro:

"Nessuno uscirà di qui!

"Gassman! Allora... Jerry ha ragione! Ci sei dentro!

"Sì, vecchio pazzo. Ma non sapranno mai da dove vengono i colpi! Hai mai pensato di avere troppi anni per goderti una posizione come quella che hai avuto? A cosa aspirava? Per conquistare l'intero sistema solare? Era lì quando la cosa di Marte e Giove. Ora è il mio turno! Ho lavorato molto affinché il mio nome fosse legato a quello di Saturno. E questo programma sarò io a portarlo avanti!

"Sei accecato dall'ambizione, Gassman... Hai ucciso molte persone!

"No! Non quello! Louis Streisand ha causato l'incidente sulla rampa.

"Con il tuo consenso! Davanti a tutto il personale del «Saturno XI» rimarreste altrettanto innocenti. Ci hai permesso di avvicinarci... Ma di cadere in quella trappola!

"Conosceva anche il 'piccolo regalo' che abbiamo portato sulla nave del capitano Quiin", ha obiettato Jerry Kelly.

"D'accordo! "Ho finito per ammetterlo." Ecco perché non me ne frega niente di un altro paio di morti.

E cosa dirà? Cosa doveva abbatterci con quel "Lasser" proprio qui?

"Troverò qualcosa" convincente. "Non preoccuparti, caro Jerry!

"Sei uno sporco assassino, Gassman! Per anni ti ho insegnato tutto quello che sapevo.

Gassman fissò il vecchio, ruggendogli:

"Sì! Sempre come un secondo! Io che faccio tutto il lavoro, che mi porto tutto sulla testa, mi sfinisco sempre perché la gloria vada a te. Non te ne sei accorto?

«Ammetto di averti sovraccaricato di lavoro, ma non c'è motivo per odiarmi così tanto, Gassman.

"Non ti odio, amico. Si mette solo in mezzo! A poco a poco mi stava delegando le sue funzioni e questo mi ha fatto abituare al comando. Perché non fare tutto da solo, senza la sua ombra? Tu non sopporto più le mutandine, signor Lehman! L'ho detto a tutti così!

«È a causa dell'ordine di Peter Masson? Hai detto al generale che non poteva più essere al comando qui?

"Esatto, vecchio! Ti sei preoccupato per i citofoni? Ho anche parlato con la Terra di quelle indagini acustiche che il tuo buon amico

Jerry ti ha fatto accettare di fare qui. Cast.,. È stato proprio questo che mi ha fatto aprire gli occhi! Hai commesso un abuso: il Wilder Institute dovrebbe saperlo. Quel centro porta tutta la programmazione di Saturno e ...

"Vai avanti! lo incitò Jerry Kelly, così profondamente interessato che dimenticò la minaccia di morte che incombeva su di loro.

Ma Gassman sorrise storto mentre ridacchiava:

"Ah, no, amico! Gli ho detto che sarei andato all'inferno senza sapere nulla. Non sarai tu a far parlare "La Voce dell'Universo"! Sarà un altro! Un altro molto più potente e con più diritti !

E la mano omicida che brandiva l'arma mortale mirava alla sua prima vittima.

Jerry Kelly non aveva dubbi che in quel momento sarebbe morto.

CAPITOLO VIII

Ecco perché pensava che se fosse morto, sarebbe stato meglio farlo combattendo.

Piegò con forza le gambe, gettandosi sul tavolo contro il rivale, che a sua volta si mise in azione. Il raggio "Lasser" sparò dall'arma con un clic che illuminò brevemente l'ufficio. Il raggio di luce andò dritto dove era stato Jerry Kelly pochi secondi prima; ma lì non inciampò sul corpo dell'uomo per trafiggerlo, bruciandolo con il suo potere mortale.

Gassman fu afferrato per il collo mentre un'altra zampa di ferro premeva contro il polso della mano armata. Un secondo clic annunciò un altro getto di luce mortale, ma anche questa volta il Lasser colpì il soffitto, metallico come il pavimento.

Lasciò lì il suo segno, mentre le dita della mano destra di Jerry Kelly affondavano sempre più in basso, una folle disperazione in quella gola. Spinto dalla sua frenesia, sempre desideroso di neutralizzare un nemico così pericoloso, non si rese conto che Gassman non stava più lottando e stava lasciando cadere l'arma. Si erano rotolati sul pavimento dell'ufficio, in un ammasso confuso di corpi, gambe e braccia.

Quando ritirò la mano, capì cosa aveva fatto.

Quel pazzo e ambizioso assassino non viveva più. Jerry Kelly lo aveva strangolato rompendolo con la formidabile pressione delle sue dita, facendo cadere su di lui tutto il suo peso, le minuscole ossa della sua gola.

Walter Lehman si chinò sull'uomo che era stato il suo principale aiutante, borbottando:

"Se l'è meritato, Jerry... Non devi sentirti dispiaciuto per averlo ucciso.

"L'unica cosa che sento è che non posso dire più cose. Ma non riuscivo a smettere di spremere! Aveva quella pistola in mano e sai cosa sarebbe potuto succedere se uno di noi fosse stato colpito.

L'anziano astrofisico guardò a terra, dove il metallo si era sciolto come burro dal potente raggio di Lasser. Sul soffitto c'era anche un altro segno simile e facendo segni affermativi con la testa fasciata si sussurrava ancora:

"Attenzione, noi uomini inventiamo le cose! E molti di loro per il male!

Fece il giro del tavolo diroccato, premette un pulsante e quando sullo schermo del visore apparve il viso dell'infermiera di turno, Walter Lehman ordinò:

«Di' al dottor Matthaus di venire da te, signorina. Ah! E con due infermiere e una barella.

«Sì, professor Lehman.

La comunicazione è stata interrotta e l'astrofisico ha chiesto al giovane che lo guardavo:

"Puoi fare il viaggio con me, Jerry?

"Sì, maestra. Ho avuto solo qualche botta e contusione. Quando partiremo per la nave madre?

"Prima è, meglio è. Rabio per aver incontrato Peter Masson!

* * *

Il satellite artificiale "Saturno XI" era una scatola di fiammiferi rispetto alle dimensioni gigantesche della nave madre.

Era stato in servizio attivo per più di dodici anni e non aveva subito un singolo guasto minore. Tutti i suoi complicati meccanismi funzionavano perfettamente: i suoi costruttori potevano essere soddisfatti.

E fiero di aver creato quella meraviglia meccanica, un mondo artificiale che viaggiava da un pianeta all'altro, come una vera infermiera capace di nutrire innumerevoli "ventose" dislocate nelle orbite più lontane e capricciose.

Il Wilder Institute aveva raggiunto la meritata fama, dopo il finanziamento e la costruzione di quella gigantesca stazione spaziale mobile, capace di ospitare più di cinquemila esseri umani, che a sua volta serviva cinquanta astronavi incaricate di distribuire i rifornimenti necessari in tutto il mondo. Sistema solare.

La nave madre era il centro di un'invisibile ragnatela protesa nello spazio, dove l'andirivieni delle navi che partivano o arrivavano ad essa intrecciavano i fili del viaggio interplanetario, in un costante

tessere e sbrogliare quelle comunicazioni siderali degli uomini.

I più moderni cervelli elettronici hanno programmato, senza una sola colpa, quei trasferimenti delle astronavi da un luogo all'altro. Non il più piccolo dettaglio è stato lasciato al caso, tutto scorreva al decimo di secondo, controllato dai loro orologi atomici. In ogni momento sapevi cosa sarebbe successo: nella nave madre non potevano esserci errori, né colpe, né il minimo errore. Una cosa del genere significherebbe che una nave che si precipita verso di lei non l'avrebbe trovata nel posto giusto. O viceversa: che chi partiva dalle proprie rampe di lancio doveva fare dei tour improvvisati.

E non c'era affatto improvvisazione.

Gli uomini del suo equipaggio si erano trasformati in macchine.

Macchine umane che non avevano più la propria opinione, perché le altre macchine da lui create le imponevano. Computer, cervelli elettronici, dispositivi creati dalla cibernetica più moderna e complicata.

La cibernetica è soprattutto una scienza logica, in quanto analizza razionalmente cosa significa governare, senza porsi la questione di sapere chi governa o come è governato, poiché la funzione di governare, di regolare, può essere svolta dalle macchine. , purché in grado di acquisire informazioni sullo stato di un sistema e di predisporre, sulla base delle informazioni ricevute, ordini che regolino il successivo orientamento del sistema. In questo piano essa consente una vasta classificazione teorica di sistemi e macchine, quale l'uomo non aveva mai intrapreso prima nel suo passato.

La cibernetica è anche il punto di accoppiamento di importanti applicazioni, poiché dalle sue conclusioni derivano la possibilità di costruire ogni tipo di macchine governanti e regolatrici, facilitando così all'infinito i compiti dell'uomo.

Sulla tecnica dei sistemi di controllo automatico, la cibernetica si è presentata come una scienza crocevia per i suoi stessi creatori, sviluppando nozioni generali in relazione ai meccanismi in grado di governare e regolare tutte le funzioni necessarie. Questo approccio costituì il punto di partenza di un vasto movimento, che poteva arrivare a supporre una vera rivoluzione intellettuale, che comprendesse l'analisi logica delle funzioni degli esseri superiori e dei processi che ne consentono la riproduzione artificiale.

Ciò premesso, alcuni celebri cibernetici ritenevano che i fenomeni sociali, in quanto risultanti dallo scambio di informazioni, potessero essere studiati con i metodi della cibernetica, che permetterebbero di intravedere, nel campo di una prospettiva audace anticipazione, l'immagine di una possibile società umana governata da macchine del pensiero e del governo.

Macchine che non hanno avuto un solo guasto.

Lo stesso generale Peter Masson era sottoposto a questa ferrea disciplina imposta dalle macchine, quindi non uscì dallo stupore quando dal posto di blocco gli annunciarono che si stava avvicinando un'astronave, il cui viaggio non era stato programmato.

È rimasto perplesso per un po' prima di ordinare

"Identificati.

«L'hai già fatto, generale Masson.

Da dove proviene? È un'emergenza?

"Proviene da 'Saturno XI', signore. Apparentemente, il suo amico, il professor Walter Lehman, entra in gioco.

"Impossibile! Walter deve essere vicino agli anelli di Saturno ormai. Ti è stata assegnata una missione!

«Vuole venire lei stesso nella sala di controllo, signore? "Uno dei suoi assistenti lo ha invitato.

Con la sua andatura rigida di passi vivaci ed elastici, il massiccio generale Peter Masson si lasciava trasportare dai nastri scorrevoli installati in tutti i corridoi. Ha usato le proprie energie solo quando era assolutamente necessario e una volta in sala controllo ha verificato quanto gli veniva detto.

Ha parlato direttamente con Walter Lehman, ma non una sola parola amichevole è sfuggita dalle sue labbra a questa situazione insolita. Peter Masson ha sempre seguito le regole e leggere il programma per quel giorno non indicava affatto l'arrivo inaspettato di quella nave.

Alla fine si allontanò dall'interfono per affrontare un gigantesco schermo radar, dove deboli punti luminosi indicavano il traffico spaziale in un'area di venti milioni di chilometri. Prima delle loro manipolazioni i computer iniziarono a funzionare, lanciando dati, cifre, distanze, orari e tutte le operazioni che la nave madre avrebbe dovuto svolgere nei tre giorni successivi. Le tessere venivano "spazzate" da una mano meccanica che a sua volta le sottoponeva alla sintesi dei dati.

Peter Masson lesse le cifre e rivolgendosi a uno degli assistenti annunciò:

«Dì loro che non potranno entrare nella nave madre per 77 ore, 55 minuti e 26 secondi. Fino ad allora, tutti i controlli sono automatizzati e nessuna rampa di atterraggio funzionerebbe per riceverli.

"Bene signore.

"Un'altra cosa: devono percorrere circa seimila miglia per non interrompere le altre entrate e uscite programmate. Anche l'interfono verrà interrotto con quella nave. Non possiamo permetterci di modificare la nostra programmazione per loro per un solo minuto!

Poi, come un lusso in lui, rifletté in silenzio prima di tornare nel suo ufficio.

"Scusa! Dillo al professor Lehman.

"Sì signore.

***

Walter Lehman guardò sconsolato i suoi amici, esclamando in sintesi:

"Questo è tutto!

Jerry Kelly sentì le dita di Marlene Power stringergli la mano, cadendo lungo il suo corpo. Hanno formato un cerchio davanti all'anziano astrofisico, che con la testa fasciata e perfino il braccio fasciato, ogni giorno che passava mostrava segni di essere più spossato.

Billy Laughton ruppe il silenzio avvertendo, ricordando ai suoi amici:

«Abbiamo ossigeno solo per altri tre giorni, maestro. Se dici che dobbiamo rimanere in orbita per circa 80 ore, calcolando il tempo delle manovre, mi diranno cosa respireremo in quelle restanti 8 ore.

"Ci ho già pensato, Billy," disse il vecchio. E abbiamo solo una soluzione rimasta.

«Sì, certo, professore. Butta giù qualcuno di noi! Per me possiamo lanciarlo in fortuna.

Billy Laughton ha scoperto che lo sguardo di Jerry Kelly non accettava quella battuta. Capì immediatamente perché il suo amico stava reagendo così seriamente quando sentì il vecchio astrofisico dire:

"Non valgo più molto e potrei...

"Per favore, professor Lehman! C'è ancora un'altra soluzione" lo interruppe la bionda.

Tutti gli occhi erano puntati su Marlene Power, che a sua volta li osservò uno per uno mentre proponeva:

"Ibernazione! Ho sentito dire che qualche anno fa un intero equipaggio si è salvato impostando i comandi automatici sulla propria nave e sottomettendosi volontariamente ad essa. È uno stato fisico in cui non si respira e...

"Non parlare più, Marlene! Jerry ha deciso per tutti.

"Possiamo tirare a sorte per questo! "Billy Laughton ha insistito di nuovo." Almeno, non mi piace affatto restare bloccato come un cadavere in un'urna di vetro. Cosa ne pensi?

Il comandante della nave era presente e ruppe il silenzio annunciando:

«Parlerò con gli uomini del mio equipaggio. Penso che potrò fare a meno di alcuni di loro e in questo modo avremo più ossigeno.

Solo quando uscì dalla cabina protestò, visibilmente turbato:

"Non so quando installeranno la rigenerazione costante dell'ossigeno su queste navi! È tempo di prendere una decisione!

Questo era uno dei tanti problemi tecnici da risolvere, almeno per le normali astronavi.

L'uomo aveva compiuto molte cose. Ma aveva ancora tante cose da realizzare.

È il tuo compito costante, che non finisce mai.

Forse perché le leggi costanti della vita lo richiedono.

CAPITOLO IX

Il generale Peter Masson ascoltò in silenzio Walter Lehman, senza interromperlo una volta.

Solo alla fine della sua lunga storia, il capo della nave madre ha negato:

"Qui non sappiamo nulla di quella nave che Gassman gli ha detto che era a mio nome alla ricerca di quegli strumenti acustici.

L'anziano astrofisico chiese perplesso:

"Come si dice, Pietro?

"Mi hai sentito! Conosci i miei ordini specifici: erano che dovessi, con Jerry Kelly, Billy Laughton, Ramy Piccole, Michel Sauet, Arthur Hadmond e Marlene Power, esplorare gli anelli di Saturno. Ho incluso che Roger Armstrong e quelli che lo accompagnano, che hanno costituito la Commissione Investigativa, dovrebbero accompagnarti nell'astronave del capitano Marty Quiin. Era così!

Uscendo dal suo silenzio, Jerry Kelly ha osato intervenire:

"Quindi i miei preziosi strumenti... sono stati rubati!

"Non te lo posso assicurare, giovanotto", rispose il generale Masson. Né ho notizie di navi destinate a "Saturn XI" dopo la tua partenza.

"Gassman ce l'ha fatta", ha ricordato Walter Lehman.

"Da quello che ci ha detto, che Gassman aveva anche comunicazioni dirette con la Terra", ha risposto l'ingegnere acustico.

"Tutto questo è secondario, Jerry" chiese pazientemente il vecchio ferito.

Guardò di nuovo direttamente il suo amico Peter Mason e volle sapere, esortandolo:

"Perché ci hai mandato agli anelli, Peter?

«Ho ricevuto l'ordine dal Wilder Institute. Dissero che questa esplorazione era inclusa nella programmazione di Saturno.

"Vero! Ma perché proprio io, noi? Intendo Jerry, Marlene, Billy, Arthur... Tutti noi che, in un modo o nell'altro, avevamo collaborato a queste indagini acustiche!

"Sai benissimo che non chiedo mai il motivo degli ordini che ricevo. Mi limito a soddisfarli.

"Lo so, Peter. Lo so! A poco a poco sei diventato: un automa.

"Per essere responsabile di una posizione come la mia, devo farlo in questo modo.

"E per te non contano i sentimenti?

"Non hai niente da rimproverarmi, Walter! Ammetto di aver provato una grande tristezza quando ho visto che eri uno di quelli che doveva compiere quella rischiosa esplorazione, ma cosa potevo fare se la tua nomina provenisse dallo stesso Wilder Institute?

"Mi scusi, signore..." obiettò ancora Jerry, "Vuoi dire che è stato sulla Terra, presso lo stesso Wilder Institute, dove hanno scelto tutti noi per quella missione?

Di fronte a lui con un certo disgusto, il generale Masson confermò:

"Certo, giovanotto! Non pensare che sia stato io!

Jerry Kelly sembrava dimenticarsi di lui per guardare i suoi amici quando esclamava:

"Avremmo dovuto indovinare! È al Wilder Institute dove deve esserci qualcuno interessato al fatto che non riesca a finire i miei esperimenti. Qui è dove non vogliono sentire "La voce dell'Universo".

"La voce dell'Universo? Ripeté il generale Masson quasi come un'eco.

"Gli abbiamo dato quel nome", lo informò Jerry. Il più appropriato, perché un giorno sarà realtà. Anche se desiderano interrompere il mio lavoro!

"È assurdo pensare che il Wilder Institute voglia ostacolare il suo lavoro, quando tutti sanno che sponsorizza le ricerche più audaci. Il signor Wilder stesso è innamorato della scienza.

"Lo so, generale Masson" concordò Jerry. Ma ci sono molte persone e molti alti funzionari lì. E il mio cuore mi dice che i colpi bassi vengono da lì!

"Lo scopriremo! "Il vecchio astrofisico ha promesso calorosamente." Non appena Peter ci fornirà una delle sue navi, torneremo sulla Terra.

Il generale Peter Masson sembrò rivestire la sua rigida ed ermetica maschera da uomo, rispondendo bruscamente al vecchio amico:

«Non aspettarti che lo faccia, Walter. Qui è tutto programmato!

"Lo so... Ma sei tu quello che fa quella programmazione!

"Ti aspetti che alteri l'intero sistema?

"Quello che spero è che i crimini non restino impuniti, amico mio. Più di venti uomini sono morti e più di trenta sono ancora feriti sul "Saturno XI". Molti di loro non riusciranno a salvarsi: subiscono gravi ferite e ustioni.

Jerry Kelly intervenne ancora, a sostegno dell'anziano professore:

«Oltre a ciò, generale Masson, è necessario smascherare chi tira le fila di questa cospirazione. Non c'è dubbio che deve essere molto potente per poter tirare le fila, a più di un miliardo di chilometri dalla Terra, usando uomini ambiziosi come Gassman, Louis Streisand e altri che potrebbero essere in attesa di colpire i loro colpi bassi.

"Sì, giovane. È vero! Lo spazio deve essere privo di criminalità e di basso interesse. Solo così, con un lavoro costante e pieno di rettitudine, potremo un giorno conquistarlo completamente.

Si fermò, guardò il vecchio amico e i suoi lineamenti si fecero meno rigidi mentre continuava:

"Ma dovranno aspettare che io faccia i miei calcoli. Non posso e non devo alterare il movimento degli ingressi e delle uscite proprio così! Se lo facesse, non ci sarebbe nessuno qui a capirsi. Capisci che ho molte responsabilità sulle mie spalle! Gli equipaggi di tutti le astronavi che nel loro incessante andirivieni hanno...

"Non sforzarti di più, Peter" implorò l'amico. Ti impegniamo e sapremo aspettare.

* * *

Guardando il trambusto da una delle passerelle che conducevano lungo un lungo corridoio, Marlene Power esclamò:

"Sembrano formiche!

Jerry Kelly ha anche osservato gli uomini e le donne alla deriva lungo i nastri trasportatori lungo il corridoio, confermando:

"Sì, Marlene: hanno una giornata lavorativa di quattro ore, a seconda dei turni. Ma lavorano sodo!

«Vorresti essere di stanza qui, Jerry?

"Psch! Ho visto dei bei visi, ma...

"Oh! "Ha protestato, fingendo rabbia." A parte questo, amico.

"Beh no; il generale Masson è un uomo molto rigido. Troppo per il mio carattere!

"Tutti parlano bene di lui.

"Immagino che debba essere un buon capo. A dire il vero, penso che già mi manchi la Terra. Nell'intero sistema solare non c'è niente come il nostro vecchio ma amato pianeta!

«Anch'io la penso così, Jerry. Lo spazio mi sembra freddo, senza paesaggio e, in un certo senso, monotono.

«Siamo creature terrestri, Marlene. Siamo destinati a perdere il nostro ambiente naturale.

"È vero! Sono sempre stato inorridito dall'idea di avere un figlio fuori dalla Terra. Non lo so, ma... Quelli che nascono così, penso che siano molto diversi da noi.

Jerry Kelly si appoggiò alla ringhiera, borbottando senza guardare la donna:

"C'è stata la possibilità di sposarsi, mentre eri destinato su" Saturno XI "?

Che tu ci creda o no, sì. Sono stato corteggiato da molti uomini!

"È naturale. Eri la più carina lì.

"Devo prenderlo come un complimento o lo pensi davvero? Disse la donna, ancora più civettuola.

Jerry Kelly si è difeso rispondendo:

"Ho detto lì, non qui.

Divertito, la vide fare il broncio disgustato, aggrappandosi all'altezza della ringhiera che dava su quel corridoio:

"Guarda quella bruna! Lei è molto carina!

"Figliolo, con quelle uniformi in minigonna che indossi, ogni donna è attraente. Non so come il generale Masson permetta loro di...

"Non ti piace?

"Oh no! Ricrea la vista quanto vuoi, mascalzone! Per me...

La donna bionda ha voluto cambiare discorso, indagando per quanto distratta:

«Quando pensi che il generale Masson ci permetterà di partire?

"Dipende dal suo programma felice. Non fa nulla senza prima consultare i loro computer.

Jerry Kelly era ancora appoggiato alla ringhiera, ma voltò la testa sentendo la sua mano sulla spalla. I grandi occhi azzurri di Marlene Power sembravano tristi quando ha chiesto, con un nuovo cambio di tono:

"Non hai paura che quando arriverai sulla Terra ti succederà qualcosa, Jerry?

"Eravamo più a rischio sul 'Saturn XI', in quella povera nave del capitano Quiin, ed è possibile che proprio qui.

"Ma penso che se qualcuno è molto interessato al piede, non continui con le tue indagini, lì...

"Calmati, Marlene, tutto questo deve essere chiarito una volta per tutte. E sulla Terra possiamo farlo. Le autorità dovranno ascoltare il rapporto del professor Lehman.

"Ma lui... lui...

"Mi ha detto che alla sua età non gli dispiace perdere la sua posizione. È già molto stanco! E per quanto riguarda il materiale che mi ha permesso di usare... non credo che lo perseguiranno per questo!

"A proposito... Dove pensi che saranno tutti i gadget che siamo riusciti a costruire?" Chi li avrà allevati?

"Con Louis Streisand e Gassman morti, sarà molto difficile scoprirlo. Ma forse lo faremo anche noi. O ne costruiremo altri!

Marlene Power ha finito per sorridere, dicendo:

"Sei un ottimo amico, Jerry. Sei sempre coccolone. Mi piacciono gli uomini che non si arrendono mai!

Prese le sue mani femminili tra le sue, scrutando i suoi bellissimi occhi azzurri mentre rispondeva:

"E io amo le belle bionde come te, Marlene. Non ti ho mai detto che sei pericolosamente attraente?

"Io...? Lei protestò, anche se divertita.

"Sì, tu... esasperantemente suggestivo!

"Non fare battute. So per certo che sei ancora innamorato di una donna.

Toccava a lui sorprenderlo, quasi negarlo.

"Me...?

"Sì, tu..." rimediò lei, con lo stesso tono di voce che aveva usato prima Jerry Kelly. E il suo nome è Fanny Wilder.

Jerry Kelly urlò di nuovo di essere di nuovo a guardare l'andirivieni degli uomini e delle donne a bordo della nave madre. Rimase in silenzio prima di chiedere, con una leggera transizione nella voce:

"Chi vi ha detto che?

«Un giorno ho parlato di te con il professor Lehman. So che hai fatto domanda per un posto in "Saturno XI" perché eri arrabbiato con quella donna.

"Non è vero, Marlene. L'ho fatto perché volevo continuare la mia ricerca acustica e mi è sembrata un'ottima piattaforma. D'altra parte...

ero stanca di presentare i miei progetti a tanti siti, senza alcun risultato! Ovunque mi dicevano che ero pazzo. Pazzo come mio padre!

Anche Marlene Power si sporse dalla ringhiera, perdendo lo sguardo alla fine del corridoio ai suoi piedi mentre incoraggiava:

"Non penso che tu sia pazzo, Jerry... Al contrario!

Grazie, Marlene. Sei un buon amico!

E i due tacevano.

CAPITOLO X

Sulla piattaforma di decollo, tenendo la mano del generale Peter Masson nella sua, Walter Lehman ha insistito:

"È essenziale, Peter?

"Lo è. Assolutamente essenziale, Walter! E tu non dovresti nemmeno saperlo.

"Sì... Ma vorremmo arrivare sulla Terra, senza i nostri nomi sulla lista dei passeggeri.

"Non andrai come passeggeri. Ti ho incluso nell'equipaggio di questa nave.

"È lo stesso. Temo che, prima del nostro arrivo, "qualcuno" saprà perché stiamo tornando e questo potrebbe causarci qualche "sorpresa" ... E spiacevole!

«Smettila di pensare a una cospirazione, Walter. Al Wilder Institute importava solo una cosa: tutto il materiale che permettevi a questo giovane di usare per allestire il suo costoso laboratorio. È stato quando hanno posto il veto. Niente di più!

«Non posso farci niente, Peter. Penso come Jerry. Una cosa è collegata a un'altra.

"Ma quello che mi chiedi non è possibile. Non puoi entrare o uscire dalla Terra senza identificarti! Dove finiremmo? Che controllo si potrebbe avere in questo modo? E io sono responsabile di tutto il personale che arriva o parte da qui. Trasmetterò la tua partenza e non credo che ti succederà niente di male al tuo arrivo. Vedrai!

"Dio ti ascolti, Peter! Ti auguro buona fortuna nella tua posizione.

"Sai che non credo nella fortuna, perché mi conosci molto bene. In questa vita non ci sono ricompense o punizioni che non siano una conseguenza dei risultati. Quelle che logicamente chiamo le conseguenze.

«Comunque, fatti consigliare da qualcuno che è più grande di te e ti vuole bene, Peter. Non lasciarti dominare anche dalla cibernetica! Non essere mai una macchina!

Peter Masson sorrise a sua volta amichevolmente, raccomandando:

"E smetti di essere un puro sentimentale. Ora hai quelle accuse su di te! Se questi strumenti costosi non si trovano da nessuna parte, temo che dovrai pagare il loro costo in qualche modo.

"Non ho fortuna personale. Non mi è mai importato di una cosa così banale. Se sbagliano, lo pagherò con giorni di galera.

"Non essere sciocco! Il saggio astrofisico Walter Lehman, che oserebbe perseguirlo? Subirai, sì, un grave rimprovero. Ma nient'altro! Sei uno di quelli che hanno conquistato per tutti immensi orizzonti e grandi possibilità. Devi già salire Walter, l'orario è fissato per...

"Lo so! Lo so! E i computer freddi non regalano un secondo. Addio, buon amico!

"Buona fortuna, Walter!

* * *

In un certo senso è stato bello provare la sensazione di tornare sul pianeta dove sei nato.

La vecchia e logora Terra, minuscola rispetto agli altri pianeti del sistema solare, non poteva competere nemmeno in bellezza. Visto dallo spazio era blu: stranamente blu, senza alcuna spiegazione possibile per i profani.

Ma teneramente cordiale e accogliente.

Lì, miliardi di esseri vivevano e lavoravano, sognando di raggiungere un giorno le stelle lontane. Ma questo era un sogno collettivo, piuttosto che individuale. Un sogno per dimostrare il loro potere, la loro ingegnosità e la capacità della loro tecnologia e della loro scienza come razza di esseri superiori, poiché la maggior parte di loro si aggrappava al pianeta spento desiderando di terminare i loro giorni lì.

Come mai?

Il motivo era semplice: erano nati sulla Terra, quel pianeta era la loro prima abitazione e ne sentivano l'attrazione.

A metà del percorso, il comandante dell'astronave è apparso durante uno dei pasti davanti a loro e li ha informati, guardando direttamente l'anziano Walter Lehman:

"Ho ricevuto un messaggio. Non stiamo più cercando una spedizione di uranio in Alaska. Dovrò atterrare nel Sahara, al World Research Center.

Prima di dare all'astrofisico il tempo di dire qualcosa con veemenza, Jerry Kelly voleva sapere:

"Sai perché questo cambiamento è dovuto, comandante?

"Dal momento che me lo chiedi, ti dirò che è collegato a voi quattro.

Si riferiva a Walter Lehman, Jerry Kelly, Billy Laughton e alla donna bionda di nome Marlene Power.

"Lasciami indovinare, comandante" chiese Jerry. Forse l'ordine è arrivato dal Wilder Institute?

"Hai capito bene! Sembra che devo portarli lì.

Con aria rassegnata, Walter Lehman sospirò:

"Addio trote! Non potrò più pescare in Canada.

"Dovremo cacciare aragoste nel deserto", ha detto Billy Laughton.

"Sei scomparso dalla Terra per molto tempo? «Volevo conoscere il comandante della nave.

"Piuttosto. Almeno io! Disse il vecchio.

"Beh, troveranno molti cambiamenti. Oggi è terminato il ponte che collega San Francisco con Tokyo e un altro che va dal Cile all'Australia. Un canale largo un centinaio di chilometri attraversa l'Africa da nord a sud, quasi spaccando in due il continente. Il grande deserto ha cessato di esistere, diventando un vero e proprio frutteto. Questo è il motivo per cui il World Research Center è stato installato lì. Ha una superficie più grande della Francia: circa 600.000 chilometri quadrati, con edifici di circa settecento piani. Ci sono assegnati circa due milioni di scienziati di tutti i rami della conoscenza umana, sebbene ...

"Immagino di nuovo? "Jerry Kelly voleva suonare.

"Te lo dico io, amico. Sono come prigionieri!

"Ho indovinato, Comandante!

"E' stato facile" l'astronauta ha minimizzato. Devi aver fatto qualcosa di molto "grasso". Ancora una volta ho dovuto portare lì alcuni saggi atomici. Questo è il motivo per cui lo so, anche se ovviamente è "assicurato". Non dentro le mura.

"Ah, ma quel centro è circondato da mura?

"Esatto, amico" rispose il comandante, alla domanda beffarda di Billy Laughton. Vivono tutti lì, come in una nazione separata. In qualche modo devono pagare per i loro crimini... Per fortuna non sono stati inviati sui canali di Marte! Questo è l'inferno!

"Conosci anche lui?

"Sì... ci sono nato.

"Avrei dovuto immaginarlo" disse di nuovo Jerry.

"Perché?

"Hai una pelle un po' verdastra, amico mio. È caratteristico!

Il comandante dell'astronave si avvicinò alla porta della cabina, decise di lasciarli continuare a mangiare e, già sulla porta, guardando Jerry Kelly, borbottò con un certo rimprovero nella voce:

"Molto divertente! Sei molto attento.

Quando furono soli, l'indice destro di Marlene Power svolazzò sul viso di Jerry, come per ricordargli:

"Te l'ho detto, Jerry. Non ci aspetta niente di buono sulla Terra!

-E nel «Saturno XI» cosa ci aspettava? Abbiamo fatto la cosa giusta, Marlene. Almeno, se all'arrivo ci fermiamo in quel Centro di ricerca mondiale, vivremo. Mentre...

"Jerry ha ragione, ragazzo" intervenne Walter Lehman. Inoltre suppongo che qualcuno ci ascolterà. Potremmo aver commesso un reato utilizzando macchinari e materiali in modo improprio. Ma abbiamo assistito a diversi crimini!

Billy Laughton guardò il vecchio che era stato il suo capo sul satellite intorno al pianeta Saturno e volle controllare:

"Suppongo che avrai amici potenti e influenti, vero, professore?

«Li ho presi, Billy! E mi ascolteranno!

"Beh: non credo che ci taglieranno la testa" finì di ragionare l'ingegnere elettrodinamico.

"Non lo faranno, Billy," lo rassicurò Jerry. Mi dispiace di averti coinvolto in tutto questo però.

"Sciocchezze! "Protestò il vecchio." La tua invenzione un giorno sarà una realtà e quello che ci succede non è altro che il tributo che dobbiamo pagare per realizzarla. Ogni progresso scientifico è costato il suo sforzo e persino il suo sacrificio .

Poi volle smettere di preoccuparsi e chiese giovialmente:

"Chi è disposto a misurare la sua forza con me a scacchi?

Marlene Power colse la nobile intenzione del vecchio e accettò:

"Ehi, professor Lehman! E oggi gli darò scacco matto! Ancora più cupo, grugnì Billy Laughton, sdraiato sul divano incassato nel muro della cabina:

"Ci daranno scacco matto! Guarda cosa ci manda nel deserto! Che schifo!

CAPITOLO XI

Il veicolo stava volando materialmente lungo l'ampia autostrada.

Non aveva ruote. Scivolava su uno strato d'aria a una decina di centimetri da terra, la sua piattaforma costituita da un materasso pneumatico di plastica ionizzata, che permetteva ai gas di propulsione di fuoriuscire, senza il minimo rumore nel suo rapido planare.

All'astrodromo dove erano atterrati, li stava già aspettando una scorta di venti soldati, vestiti con uniformi candide e ben armati di carabine laser. Quello che sembrava il capo era andato avanti e non appena scesi dal portello aveva recitato i loro nomi, poi aveva indicato che avrebbero gradito salire su quel veicolo.

Era necessario obbedire, sebbene il professor Walter Lehman chiedesse:

«Vorrei chiamare Washington, tenente.

«Lo farai al World Research Center, professore. Non ti sta aspettando meno del signor Charles Wilder.

Erano tutti stupiti, scambiandosi muti sguardi. Jerry Kelly ha ricordato il calore, la simpatia e l'amicizia che lo avevano portato all'uomo che era vicino a essere suo suocero, rassicurando i suoi amici:

«Parlerò con il signor Wilder. Era un grande amico di mio padre e anche lui ha imparato ad apprezzarmi molto.

"Forse ti sta aspettando... con sua figlia" ha commentato Marlene Power.

Durante il viaggio non parlarono molto, assorti nel panorama che si stendeva davanti a loro. Non potevano credere che quella fosse la stessa regione che per secoli e secoli era stata il vasto deserto del Sahara.

Tuttavia, era vero che il miracolo della scienza e della tecnologia aveva trasformato dieci milioni di chilometri quadrati in un vero e proprio frutteto, dove il colore predominante non era il giallo delle dune di sabbia bruciata, ma il verde della rigogliosa vegetazione primaverile.

Finalmente poterono scorgere i primi edifici in metallo, acciaio e vetro e dalle ardite forme architettoniche, del World Research Center, alzando le loro cupole al cielo ad altezze che superavano il chilometro.

"È fantastico! esclamò Billy Laughton.

"È ancora una prigione gigantesca", ha detto la donna.

Sentendo i suoi commenti, il capo della scorta ha detto:

"Sbaglia, signorina. Molti di quelli che vivono lì sono più felici di quelli che sono affatto liberi.

Quelle mura circondano seicentomila chilometri quadrati. È un'intera nazione!

Sì, una nazione. Ma di schiavi! "Marlene Power ha osservato.

"Ecco tutto, signorina. L'unica cosa che non possono fare è uscire.

«E per ordine di chi ci trattenete lì, tenente? Jerry Kelly voleva saperlo.

"L'ordine mi è stato dato dal mio superiore. Capitano Kraskessy. Non lo so più!

Sapevano cosa li aspettava e non furono sorpresi di vedere il veicolo in corsa fermarsi al comando di una delle porte d'ingresso. Anche quegli uomini indossavano uniformi bianchissime, così come quelle della loro scorta.

La procedura è stata semplice, anche se i venti uomini della scorta sono stati lasciati fuori e i cinque detenuti sono stati presi in consegna da altrettanti soldati che li hanno condotti in un maestoso edificio, che sembrava un albergo di prim'ordine.

"Chiederò la suite nuziale" ha scherzato Billy Laughton.

Ma dove furono portati, andò in una stanza dove presto, dopo che i nuovi soldati furono lasciati fuori, un denso fumo verdastro cominciò ad uscire da vari orifizi. L'anziano Walter Lehman sedeva per terra rassegnato, come disposto a lasciarsi morire lì. Billy Laughton cominciò a correre da un muro all'altro, battendo inutilmente sulla porta ben chiusa.

Jerry Kelly cercò nel fumo denso gli occhi di Marlene Power e i due istintivamente si abbracciarono da vicino.

Almeno sarebbero morti con la piacevole sensazione di confessare il loro amore.

* * *

Charles Wilder era un uomo alto, estremamente elegante e ordinato, che, sebbene fosse sulla sessantina, conservava tutto il suo vigore.

Jerry Kelly lo riconobbe non appena lo vide seduto dietro la monumentale scrivania, nonostante non vedesse da tempo il ricco e potente direttore del famoso Wilder Institute.

La mano dell'uomo, che era il padre di Fanny Wilder, fece un gesto invitante:

"Siediti, Jerry. E sii il benvenuto!

Prima di obbedire, sordo risentito soprattutto per l'ultima sensazione di angoscia che aveva provato, il giovane salutò:

«Grazie, signor Wilder. Ma conoscete già la "piacevole" accoglienza che ci hanno riservato?

"Certo, ragazzo. Il World Research Center non è altro che... Come lo metterei?... Sì: un asilo nido da cui attinge il nostro Istituto. Quando qualche nuova invenzione, qualche nuova ricerca o esperimento ha qui buoni risultati, noi subito subentriamo e finiamo per dargli una forma definitiva. Sai che il Wilder Institute, fondato da mio nonno, non smette di fare belle vittorie!

«Siamo stati trattati come criminali, signor Wilder!

«In un certo senso lo sei, caro Jerry.

"Come si dice?

"Siediti e ti spiego.

"Voglio avere tue notizie, signore.

"Vedi, Jerry... Sei sempre stato testardo come tuo padre. Ha perso la vita in quelle indagini che ha svolto, ed era un buon amico. Forse il mio migliore amico!

"È per questo che mi hai sempre negato il tuo aiuto?

"In parte sì: non volevo che accadesse la stessa cosa a te. Ma sei sparito con le tue idee folli e la tua voglia di seguire ciò che tuo padre ha iniziato. E sei andato troppo oltre, ragazzo! Niente di meno che "Saturno XI", quindicicento milioni di chilometri da qui!

"Ho accettato l'incarico, considerando che potevo continuare a indagare lì.

"E da quello che mi è stato detto, l'hai fatto anche tu!

«Così è stato, signor Wilder. Il professor Lehman è una persona eccellente e mi ha aiutato molto.

"Sì! Lo so già! Con i fondi e il materiale programmato per il progetto Saturno. Non è così?

«Mito crimine, signore: soprattutto, quando sono stato in procinto di realizzare ciò che può tanto giovare all'Umanità.

L'elegante Charles Wilder inclinò la testa divertito mentre chiedeva:

"Pensi ancora che possa essere di grande beneficio, Jerry?

"Perché no? Ne ho discusso tante volte. E penso che se riusciremo a farci parlare "La voce dell'Universo", tutto sarà più...

Si fermò quando vide il gesto di una di quelle mani pulite e ben curate, sentendo il suo proprietario dire:

"Sì, Jerry. Questo è già stato discusso molte volte, quindi non lo faremo un'altra volta. È meglio che te lo dica per il tuo governo, che quando ho saputo dal Consiglio Direttivo dell'Istituto di tutto ciò che successo, anche se non sono riuscito a farti liberare da ogni responsabilità, sono riuscito a ricevere un trattamento speciale.

"E i miei amici?

Charles Wilder sembrava esitare prima di commentare:

"Beh... staranno bene qui. Non lo sai che questa è come una grande nazione Ha già più di due milioni di abitanti!

"Vuoi dire due milioni di prigionieri, signor Wilder?

"Perché chiamarli così, quando possono vagare liberamente all'interno di questo immenso recinto? Il World Research Center è più grande della Spagna. Tutto qui è moderno, pulito, fatto di vetro e acciaio, Jerry. Gli edifici di plastica trasparente resistono al fuoco, formando alte montagne di enormi blocchi. Piattaforme rotanti che fanno sì che case e finestre seguano il percorso del sole. Strade in movimento con cinture infinite, sulle quali passare da un luogo all'altro senza stancarsi. Ascensori silenziosi che ti porteranno fino a più di mille metri di altezza, o che scenderanno nelle viscere della terra, vomitando migliaia di operai nei laboratori più segreti. Non sai che qui stiamo provando nuove forme di vita?

«Forse il modo in cui l'uomo può vivere da schiavo, pur accettando di buon grado quella condizione, signor Wilder?

Il potente finanziere e industriale sorrise, spazzolandosi i baffetti ordinati mentre celebrava:

"Sei sempre lo stesso, Jerry! Non sei cambiato!

Ora che ci penso, signor Wilder, ho la sensazione che sia cambiato.

Si fermò deliberatamente prima di aggiungere a presto:

"O forse è sempre stato così e non me ne sono accorto.

"Jerry, ragazzo. Non avanzeremo con commenti offensivi.

«Allora lasciamo perdere e mettiamoci al lavoro, signor Wilder. Perché ti dà così tanto fastidio che ottenga ciò che mi ero prefissato di fare?

"Mi da fastidio? No, figliolo, no! Al contrario!

"Beh, lascia che ti dica che hai la vaga e fastidiosa sensazione che sei stato tu... tu a impedirlo!

Charles Wilder balzò in piedi, protestando:

"Mi stai accusando di qualcosa, ragazzo?

"Non posso farlo in un modo specifico. Mi mancano i dati, ma...

«Dovrai rettificare, Jerry. Ho scoperto tutto, perché è naturale che sia così. Dopotutto sono l'amministratore delegato del Wilder Institute!

"Questo è esattamente il motivo per cui sono sorpreso di non avere più supporto da te.

"Hai il mio sostegno, ragazzo. Ma non ho scritto

leggi o statuti. Quello che ti è stato rubato vale molti milioni... Ed è per questo che ti hanno portato qui!

«Senza processo, signore? Nessuna sentenza? Le leggi e il senso della giustizia sono così cambiati da quando abbiamo lasciato la Terra? O è che tutto è già diventato un gigantesco Centro di ricerca mondiale, in cui governano solo i potenti come te, i pochi privilegiati che possono vivere come vogliono, marciando dove vogliono?

"Ho detto, Jerry. Sei contro di me!

"Come potremmo non esserlo, quando ci hanno portato qui due accompagnatori, ci hanno guardato, ci hanno messo in una stanza spruzzandoci di fumo, con l'angoscia di pensare che ci hanno gasato lì?

"Ma amico! Sono misurazioni comuni. La disinfezione deve essere eseguita ovunque.

«Attento, signor Wilder!

Dai, dai, ragazzo! Non è importante.

"Lui fa! Soprattutto quando non vuoi trattare gli esseri umani come se fossero macchine. Sì: ho già visto che come dici qui tutto è ordinato, tutto pulito, tutto ultramoderno. E ovviamente tutto razionalizzato, sottoposto all'onnipotenza di chi governa questa gigantesca prigione, che addirittura delegherà le proprie funzioni ai cervelli elettronici, che saranno quelli che daranno davvero gli ordini...

Jerry Kelly si era eccitato e aveva continuato:

"Sì, signor Wilder: ho potuto vedere che tutto è al suo posto e tutto è in ordine. Ogni minuto controllato. Ogni azione, precedentemente programmata. Scommetto che qui niente si improvvisa neanche al volo e gli esseri umani che ci vivono, come le macchine, non prenderanno mai una decisione che non sia stata prima approvata dal computer... Cifre, numeri, cifre e alla fine il Risultato. Senza protestare! Senza modificare nulla da solo! Annullata completamente la personalità degli esseri superiori, degli esseri di passaggio! Non è così?

Charles Wilder aveva finito per incrociare le sue attente mani, osservandolo tra il sorriso e il divertito, gli occhi intelligenti ed estremamente astuti che brillavano.

"Beh, non mi piace tutto questo! "Il giovane prima di lui ha finito per gridare." E se è vero che mi apprezza in qualcosa, che mio padre era il suo migliore amico...

"Non andare avanti, Jerry... Il mio potere non è così alto. Non posso portarti fuori di qui!

"Almeno ci fisseranno una scadenza. Non possono tenerci qui per sempre. Non abbiamo commesso alcun crimine!

Sfogliando delicatamente alcuni fogli davanti a lui, Charles Wilder sussurrò piano, come se parlasse a se stesso, ma abbastanza forte da essere sentito.

"Quindi, soprattutto... ho appreso che in tutti i tuoi sfortunati affari ci sono stati parecchi morti, vero, Jerry?

Jerry Kelly balzò in piedi:

"Per favore, signor Wilder! Non confondere le cose. Queste morti sono avvenute proprio quando hanno cercato di eliminarci, in considerazione del fatto che l'alto esplosivo che era stato piazzato nella nostra navicella spaziale, è stato scoperto e smontato.

"Va bene, Jerry! Va bene... ti ho già detto che ho letto brevemente il rapporto. Se lo dici tu, ragazzo...

«C'è dell'altro, signore. Non indagheranno su questo Gassman, questo Louis Streisand e perché si sono comportati così? Siamo stati mandati in missione suicida!

"Uomini...! Tanto quanto, Jerry! Non lo so... Per fortuna, ti vedo qui, sano e forte, e con la stessa energia di sempre. Perché questa eccitazione?

«Te l'ho detto, signore. Le ingiustizie mi rivoltano!

"Non è del tutto il caso di mandarti qui. Pensa e accetta nobilmente qualche responsabilità. E soprattutto, fidati che, per quello che hai significato per mia figlia e per quello che è stato tuo padre per me, risolverò presto tutto questo casino. Compresi i tuoi amici, ea! Esclamò alla fine, come concedendo.

Jerry Kelly si era calmato, interessandosi quando lo aveva sentito citare la donna che un tempo aveva amato così tanto:

"Come sta Fanny, ..?

"Beh bene! Lo sai che non le è mai mancato nulla, viaggia, fa crociere, ha tanti amici... e passa la sua vita nei couturier più costosi del mondo!

«Questo è un buon segno, signor Wilder. Sono la voglia di vivere.

"Certo! È passato molto tempo da quando ha superato la crisi, quando ha rotto con te...

"Sono contento.

Charles Wilder si è alzato fregandosi le mani, concludendo l'intervista alla conclusione:

"Beh, Jerry: abbiamo concordato che quando passeranno alcune settimane cercherò di sistemare tutto. Per il momento ti sistemeranno bene e il tuo soggiorno qui non sarà così spiacevole, a patto che tu rispetti le regole. guarda che non sono per niente rigorosi!

«Apprezzerò tutto quello che fa per me ei miei amici, signor Wilder.

"Non importa, amico. Anche se, sì, ragazzo. Dovrai lavorare, dedicarti a qualcosa! Siete tutti scienziati e il vostro cervello vale molto. In cosa ti piacerebbe trascorrere il tuo tempo?

«Lo sai, signore. Sull'acustica!

Charles Wilder sembrò accigliarsi, ma accettò immediatamente:

"Scoprirai cosa ti piace, Jerry! E vediamo se è vero che un giorno ci farai sentire tutti "La voce dell'Universo"!

«Lo prendo io, signor Wilder. Ho solo bisogno dei mezzi necessari, proprio come avevo già ottenuto in "Saturno XI".

«Ti farò fornire quei mezzi, ragazzo. Questo Centro di ricerca mondiale è stato creato per questo. Nessuna idea dovrebbe essere sprecata! Nessun cervello dovrebbe sprecare i suoi frutti! Vedrai!

Uscirono insieme e quando si separarono il potente ed elegante Charles Wilder promise ancora:

"Il Wilder Institute sarà il primo a lanciare la tua invenzione!

CAPITOLO XII

Charles Wilder ha mostrato segni di mantenere la sua parola.

Jerry Kelly è stato assegnato a un'officina dove, al di fuori dell'orario controllato per altri compiti, lui e i suoi amici hanno potuto indagare su ciò che era stato interrotto sul "Saturno XI", a tante centinaia di migliaia di chilometri di distanza, nel pieno di ciò che era stato l'arido deserto del Sahara.

Solo, per un motivo o per l'altro, non ha ottenuto il materiale di cui aveva bisogno.

Così passarono i mesi, dovendosi forzatamente acclimatare alla disciplina del World Research Center, dove anche altri scienziati arrestati avanzavano molto più di lui nelle loro ricerche.

Il potente Charles Wilder era spesso lì, ma non sempre si degnava di accogliere l'uomo che era stato a lungo il fidanzato di sua figlia. Lo fece solo un paio di volte, e l'ultima volta aveva detto con riluttanza:

"Scusa, Jerry. Ho molto lavoro. Ti prometto che mi prenderò cura della tua faccenda.

"Sig. Wilder... so che non lo farai!

"Che sciocchezza, ragazzo! Quello che succede è che ho troppe cose nella mia testa e non posso occuparmi di tutto. Ogni volta che visito questo centro, devo prendere una bella pila di file per vedere se qualcuno dei risultati può essere utile al Wilder Institute.

Indicò il segretario particolare che lo accompagnava sempre, indicando:

Prendi nota, Makensy. Dobbiamo prenderci cura di Jerry. E ora, se mi permetti, ragazzo...

«Certo, signor Wilder. Hai molto da fare e il permesso che mi hanno dato finisce in pochi minuti. non ti disturberò più!

"Non è una seccatura. Mi hanno detto che stai facendo progressi a poco a poco e che sei riuscito a costruire nuovi dispositivi che...

«Non sono molto potenti, signore. Così non finirò mai. Ho bisogno di antenne ultrasensibili, buoni registratori a nastro, filtri adeguati e una miriade di altre cose!

"Cosa sta succedendo? Non forniscono tutto quello che chiedi?

"Non lo fanno mai! Quando una cosa non manca, è un'altra. Ma per me è lo stesso!

Dalla porta, prima di salutarsi, annunciò:

«Ci stiamo acclimatando, signor Wilder. Non preoccuparti! Penso che uno di questi giorni io e Marlene ci sposeremo e resteremo qui per sempre.

"Te l'avevo già detto che non era così male, però... Certo che ti tirerò fuori!

Charles Wilder sfogliò distrattamente i documenti senza vedere che Jerry Kelly aveva lasciato l'ufficio. Quando alzò la testa e guardò il suo segretario privato, suo amico da una vita, gli chiese:

«Quello sciocco se n'è già andato, Makensy?

"Sì, Charles. Perché non finisci subito questa commedia?

«Per cosa? In fondo mi diverte. Fa sempre comodo passare per una brava persona e le autorità, al centro piace vedermi preoccupato per uno degli internati.

"Forse vorrebbero sapere che volevi sbarazzarti di lui, come hai fatto con suo padre.

Charles Wilder ebbe un sussulto nervoso e rimproverò:

"Vuoi stare zitto? Non mi piace parlarne. Ho dovuto uccidere il padre di Jerry perché era insolente con me, con il fatto che eravamo amici non mi rispettava e faceva quello che voleva nel Istituto fondato da mio nonno, ossessionato dalle sue leggi acustiche e quelle indagini non mi piacevano.

"Prendete! A chiunque! Se ci riesce, potrebbe "dare la caccia" alle onde sonore di molte delle vostre conversazioni e... Addio al grande e potente Charles Wilder!

«Neanche tu puoi parlare, Makensy. Hai anche molto da nascondere!

«Meno di te, Charles. Sei arrivato più in alto!

"Ora ci lanceremo in faccia i panni sporchi?

"No, Charles. Ma non mi piace, per di più, prendi in giro quel ragazzo.

"Cosa vuoi che faccia? L'ho fatto includere con i suoi amici nella spedizione agli anelli di Saturno, dopo aver ricevuto le informazioni da Gassman. Quel ragazzo è molto intelligente ed è andato oltre suo padre. È andato a " Saturno XI" e quel vecchio idiota di Walter Lehman gli diedero tutto quello che gli avevo sempre negato. Costruì i suoi diabolici congegni e avrebbe realizzato la sua invenzione. Me ne aveva parlato tante volte di lui e vi dico che una cosa del genere può essere raggiunto. Sono leggi fisse dell'acustica, Makensy! Leggi immutabili!

"È per questo che hai cercato di eliminare anche lui?

"E a tutti i suoi collaboratori! Per uomini come me e te, il mondo va bene così. Nessuna colpa ci fa che le nostre parole possano un giorno essere "cacciate come se fossero farfalle e coloro che non dovrebbero ascoltarle più. Non credi?

"Sì, ma hai visto che erano salvati.

«A causa dell'avidità dello stupido Luis Streisand. Volevo tenere gli strumenti e impacchettarne altri, portando alla scoperta dell'inganno.

"Non hai anche posizionato un dispositivo atomico sulla nave?

«Sì, ma ti dico che l'hanno scoperto e sono tornati. Allora, tornato sulla nave madre, cosa potevo fare? Non era conveniente sollevare ulteriori sospetti: lì regna il generale Peter Masson ed è una persona molto retta.

Charles Wilder passeggiava per l'ampio ufficio, le mani ben curate intrecciate dietro la schiena, prima di lanciare un'occhiata al suo assistente e continuare:

"Qui stanno bene. Se non presentiamo denuncia al Wilder Institute. Non usciranno mai da qui! Non possono disturbarmi.

Il silenzio regnò tra i due prima che Makensy dicesse:

"Charles... Non sarebbe meglio provocare un altro 'incidente'? Se il padre fosse bruciato vivo, come tutti credono, mentre studiava la sua invenzione, potrebbe succedere lo stesso al figlio, non credi? ?

"Ti dirò una cosa, Makensy... Non devi odiare così tanto Jerry Kelly. Un giorno o l'altro mia figlia smetterà di pensare a lui e tu potrai sposarla. Perché complicarci di più?

«E ti parlerò francamente, Charles. Mi sto stancando di aspettare! Fanny ama ancora quel genio... E Jerry Kelly potrebbe un giorno andarsene da qui!

"Non crederci.

"E le autorità in quel centro? Di tanto in tanto ci sono revisioni delle cause e il crimine di questi uomini non è tanto. Con un paio d'anni...

"Ti sto dicendo di no! Me ne occupo io. Quel ragazzo che hai appena sentito dire che finirà per sposare la ragazza che è venuta con loro. Qui possono vivere felici e dimenticare tutto. Molti lo fanno!

"Uomini come Jerry non si adattano mai a questa vita. Sarebbe meglio finire con lui! E se un giorno ricevesse tutto il materiale di cui ha bisogno? Riuscite a immaginare quello che formerebbe la "caccia" mentre dice tutte le parole che fluttuano nello spazio?

"Non gli danno mai il materiale preciso. l'ho ordinato!

E se ci riesce?

"Va tutto bene! Fai quello che vuoi, Makensy. Dipende da te!

"Grazie, Charles... Ma voglio che Fanny sappia che è morta da qualche parte! Devi capirmi.

"Amico accettato. Ma fai del tuo meglio. Non voglio guai!

"Non preoccuparti... ho già esperienza nel provocare" incidenti fortuiti. "

* * *

L'esperienza di cui Makensy si era vantato con il suo capo e amico questa volta non gli era di alcuna utilità.

Quello stesso pomeriggio lui e Charles Wilder furono arrestati dalle stesse autorità al World Research Center, dove i due erano tra le persone che avevano comandato di più fino a quel giorno.

Ma sono stati arrestati davanti a prove inconfutabili.

"La voce dell'Universo" aveva parlato!

Jerry Kelly ha potuto presentare una registrazione della conversazione che i due uomini avevano avuto nel suo monumentale ufficio al trecentoquattordicesimo piano e a più di tre miglia dall'officina sperimentale dell'ingegnere acustico... che era riuscito a "cacciare giù" quello! conversazione con una rudimentale squadra costruita da lui stesso, nonostante il rifiuto di alcuni elementi del materiale di cui aveva bisogno!

"Ho compensato la mancanza di mezzi con l'ingegno" ha chiarito Jerry Kelly.

"Ma allora... la tua invenzione è un dato di fatto?

"Lo sarà quando sarà più sofisticato e potrà essere usato per 'dare la caccia' alle onde sonore che hanno continuato a diffondersi nello spazio per secoli. In questo caso sono stato in grado di farlo perché avevo tutti i dati più precisi. Luogo dove avevo lasciato il signor Wilder, ora esatta, situazione, temperatura ambiente e altre cose che mi è stato facile calcolare.

Li portò nel suo rudimentale laboratorio, mostrando loro i suoi strumenti ampliando:

"La distanza era breve e queste semplici antenne erano in grado di captare le vibrazioni sonore provenienti da quell'edificio. I filtri selezionavano tutti i rumori, li sfumavano ed eliminavano quelli che non mi interessavano... Il resto era semplice!

«Sospettavi del signor Wilder?

Jerry Kelly è stato sincero nel dire:

"Non ho mai pensato che avesse ucciso mio padre, ma sospettavo che, per qualche ragione, non volesse che le mie indagini avessero successo. Da lì per riguardare tutto ciò che è successo su "Saturn XI", c'è stato un passo che alla fine ho fatto quando ho notato che ancora non ha mantenuto le sue promesse ...

"È un uomo molto influente, ma prima di questa prova... Non hanno difese possibili! Quello che hai ottenuto è semplicemente meraviglioso. Niente di meno che riprendersi tutto ciò di cui parlano gli uomini!

"Non tutto quello che parlano, ma quello che hanno detto le generazioni passate.

"Davvero fantastico!

"Vero... Ma molto delicato!

"Esattamente!

"Tuttavia, vale la pena continuare a lottare per raggiungerlo in modo totale. Pensa che, proprio come Charles Wilder e quel furfante Makensy riceveranno la loro punizione, lo stesso attende tutti i colpevoli poiché tutte le segrete cospirazioni criminali possono essere scoperte.

"Allora non ci saranno segreti, perché parlerà l'Universo!

* * *

Ciò che Charles Wilder ebbe ragione fu quando disse che l'Istituto fondato da suo nonno avrebbe finanziato i costi di ricerca e assemblaggio di quella che ora tutti chiamavano "l'invenzione" di Jerry Kelly.

È vero che c'era ancora molto lavoro da fare, ma i successivi test che ha svolto ne hanno assicurato il successo.

Un satellite artificiale è stato inviato intorno all'ultimo pianeta del sistema solare, in modo che mentre era in orbita attorno a Plutone servisse come piattaforma ideale da cui gli strani strumenti acustici potessero iniziare a "cacciare" i suoni.

E il nuovo satellite si chiamava "La voce dell'Universo".

Jerry Kelly è stato nominato responsabile di quel nuovo

ingegno dell'uomo, mentre la dottoressa Marlene Power divenne sua moglie e la sua più fedele collaboratrice.

E lì, nei confini del sistema solare, guardando nell'iperspazio che avrebbero dovuto sondare per realizzare i loro sogni, hanno potuto assaporare la verità del loro amore che tante difficili prove erano riuscite a salvare.

Erano innamorati della verità.

L'assoluta verità che un giorno potrebbero offrire come dono pericoloso al mondo intero...

L'unica cosa che restava da sapere era se l'uomo avrebbe resistito alla difficile prova quando "La voce dell'Universo" avrebbe cominciato a parlare...

FINE

95